# 素心映照

潘蔚 著

岭南美术出版社

中国·广州

**图书在版编目（CIP）数据**

素心映照 / 潘蔚著 . — 广州：岭南美术出版社，
2018.10

ISBN 978-7-5362-6628-5

Ⅰ . ①素 … Ⅱ . ①潘 … Ⅲ . ①随笔—作品集—中国—
当代 Ⅳ . ① I267.1

中国版本图书馆 CIP 数据核字（2018）第 218540 号


出 版 人　　李健军
责 任 编 辑　　刘向上　黄　敏
责 任 技 编　　罗文轩

出 品 方　　广州三度图书有限公司
作 　 者　　潘蔚
策 　 划　　谷 雨　郑颖欣
装 帧 设 计　　吴燕婷


## 素心映照
SUXIN YINGZHAO

出版、总发行　　岭南美术出版社　（网址：www.lnysw.net）
　　　　　　　　（广州市文德北路 170 号 3 楼　邮编：510045）
经 　 销　　全国新华书店
印 　 刷　　中华商务联合印刷（广东）有限公司
版 　 次　　2018 年 10 月第 1 版
　　　　　　2019 年 1 月第 3 次印刷
开 　 本　　787 mm × 1092 mm　1/16
字 　 数　　10.5 千字
印 　 张　　11.5
印 　 数　　20001—30000 册
书 　 号　　ISBN 978-7-5362-6628-5

定 　 价　　52.80 元

序一

易菁

华夏学宫校长

　　认识潘蔚是在偶然与不经意间，但人生往往是在不经意间告诉你宿缘，并以此开辟不可预知的未来。

　　美、简、柔是我对潘蔚的第一印象；再后来，就发现很多人都喜欢她，与她打交道不累。轻松、自然、婉约、有内涵，许多的品质是我要"偷偷"向她学习的。

　　生活总是以平凡向每个人展开，然而平凡之中何尝不是暗流涌动，甚至是波涛汹涌呢！我时常暗思：这样一个经历风雨的人，怎么还没学会圆滑，甚至时常犯傻。这份傻气可能正是她可爱、大家喜欢她的原因吧！

　　开始她告诉我写了一本书，我心中还是有些疑虑的。虽然我也曾写书，但那多半是因为无奈"被写书"。这个时代出的书，大约是以往各个时代量的总和，但思想的贫乏也是空前的，这是我不看好出书的原因。读了她的一篇《夜宿草堂寺》后心中一亮，文章平平实实，娓娓道来，不觉间生起一份清凉。大概只有经历波澜的人，才能洗尽铅华，有这般平常而不贫乏，自然而不做作的流露。

这使我不禁想起西班牙作家塞万提斯的《唐吉诃德》，在骑士风行的时代，如一剂醒药，让人们从狂热中清醒。

此书的问世，但愿能给当今只追求表面美的人以更深入的思考，亦给有深入思考，却不注重修饰的人一个小小的提示——今人还是需要昭示的。

书中从喝茶、中医、育儿、父母到修行、经典、感悟生死，带着这个时代强烈的印记。书中折射出这个时代特有的文化生活方式，带着一份美意，把今天中国女性的生活方式告诉这个世界。让世界了解中国人的生活方式，也应该是本书不期而遇的效果吧！

愿这份心意走得更远更广。

2018年5月23日

# 序二

孙楠

前几天，孩子妈妈、我的老婆大人郑重其事地要我给她的书写序。在家里，潘老师的话我必须是唯命是从的，更何况是出书这等大事呢！

我们刚结婚的时候，她经常开玩笑说："你娶了我真是赚了，可以陪你滑雪、打高尔夫球、洗衣服、做饭，还会带孩子！"不过，这几年，因为来到华夏学宫的缘故，她要上课学习，还要给孩子们做手工老师，所以球场和雪场也就很少看到她的身影了。

这本书图文并茂，真实地记录了我们生活中的很多细节，很好地呈现了潘老师的美学观念和生活方式。书中对父母、孩子以及自我成长的心灵感悟都有深刻的描述。

因为近水楼台，所以我早就知道她笔下的故事了，但当故事跃然纸上的时候，还是让我感动不已！我想以后，我的老婆大人，除了上述优点之外，又要多一个会写书的优点了！看来，我又多赚了！

　　我时常像个孩子一样调皮！她在书中说：娶妻就是娶来了新的娘。作为老婆，她是宽容体贴的；作为妈妈，她更是家里的榜样！她经常说："女人要有坤德，要厚德载物。"她像一片沃土，让孩子们茁壮成长。

　　最后，我想说：这本书所记录的并非仅是简单的生活场景，更是对生命和信仰的一种觉醒！

2018年5月7日

序
三

如心

为我妈妈的书写序，如果仅仅是以一个孩子的立场来讲述她作为"母亲"的这个角色的话，那么就略显狭隘了。

幼年时父母离异，二十多年来，我一直跟随母亲生活，她是我生命中唯一给到我不离弃感受的人。关于这些，我不想在这里多作描述。跳出女儿这个角色，作为一个旁观者，我看到的她，是一位更多元的、更多层次的独立女性。

从稍微成熟并有自我意识开始，我的生活环境，不论空间大小，不论贵贫，永远是整洁有序、美丽的，有着鲜花、阳光和精致的器物。她的生活是丰富的：运动、旅游、主持，这是过往。当有了对生命更深层次的追求后，她勇于全盘推翻现状，一层层地重新构建自己对这个世界的认知。在她组建了新的家庭后，我所看到的，是她对丈夫和女儿无限的付出与爱，和对于自我无限的削减。立足于一个庞大的家庭中并非易事，平衡每一个人的感受，并把本不相识的人融合、凝聚在一起，更是难上加难。而在做好这些的同时，她竟然可以从中挤出自己的时间，去追求精神领域的圆满，并把其中之好传播于众，并且得到身边众多亲朋好友的认可和追随，这是我所不能想象的。

多年来的相处中，她从未将我当作一个小辈，而是待我如同姐妹，如同并肩立足于世的两个单独而完整的个体。这个看似平常的行为模式，实则包含了太多无形的尊重、理解和爱。

平心而论，我支持她对于深层文化和精神领域的探索，为她充实的生活和多维度的进步感到喜悦；但她的价值观我不能够全盘接受，并非觉得不好，而是她总是拿至高的标准要求个人行为，对自己太过严苛，而对一些不完美的人和事又过于包容，这有时让我心痛。

作为一个崇尚自由、平等、深受西方文化影响的

"90后"，也作为一个女儿，我和她很多时候，也会因为所持有的意识形态和理念的不同，而产生许多细琐的分歧，企图让对方认可自己的价值观。此时，我突然想到了冯沅君的小说《隔绝》：要知道，纵使有着价值观的差异、语言的差异，而爱的本质是超越一切的。相互尊重、相互扶持地前进，在道路中寻找自我，与世界磨合。我会向你看齐，不是因为你的个人追求，或者外在的种种行为模式，而是因为你温柔、坚毅、包容、不会被不美好而摧毁的本质。

　　这就是我的母亲，我尊重的女性。

2018年5月6日

——
承载了我无数美好回忆的北京家茶室

# 目录

人生如是

家，始终有你相伴

妈妈要护持好自己的起心动念，尽量让自己的心保持安然平和。

# 胎教

生育过两个女儿，随着年龄的增长，我对胎教的认知也越来越深刻了。

我理解的胎教，从准备要孩子前一两年，就应该开始啦。父母双方都应该修心养性，多行善事，多听高雅的音乐。现代科学发现，精子奔向卵子的过程，实际上是一段音乐之旅。这一段音乐之旅，基本上是孩子未来一生的缩影。如果这一段音乐是雄壮的、优美的，那么孩子的一生往往是健康的、有成就的。如果这一段音乐是凄凉的、嘈杂的，那么孩子未来在健康上、智商上都会存在问题。中国文化讲"礼乐教化"，这其中有对生命甚深的认知。

就生命自身而言，依照轮回的观点，胎教从临终关怀就开始了。据说，人离世时的最后一个念头，也是下一世出生时的第一个念头。

　　我觉得，在精子和卵子结合的一刹那，父母就应该把他当作完整的人来对待。人是小宇宙，当精子撞击卵子时，新生命开始了，这便是生命宇宙大爆炸。这将会是一个怎样的世界，在这最初的阶段，妈妈的心波会直接影响孩子的性格，性格进而决定命运，决定阳寿。

　　怀胎十月，不仅仅要给孩子一个健康的体魄，还要给孩子一个健康的精神。对于妈妈们来说，怀孕的过程更是修心养性的过程。

　　怀孕的过程中，妈妈要观照好自己的言谈举止。污秽的言语不要听，不洁的地方不要看。妈妈要护持好自己的起心动念，尽量让自己的心保持安然平和。

　　我常说：智慧的女人一定会在家里给自己留一处静心的地方，哪怕只有一席之地。焚一炷香、喝一杯茶、听一点音乐、念一部经，这些都是非常好的养胎方法。

　　听老人说，怀孕的时候，抄写或念诵《地藏经》，将来孩子会健康、聪明。现代研究发现，读诵经典，所产生的能量波，直接会推荡生命趋向良善光明。

　　怀孕时，让写字、画画、诵经变成生活的常态。

　　写字时需要身体中正，全神贯注。身体中正时，气脉容易畅通不阻滞，念头和笔墨行走笔尖，让一切了了分明。写字的时候，一笔一画就像打太极拳一样，推荡着阴阳。其实画画亦复如是，当你全然在当下时，笔下的线条就会圆润顺畅；如果念头一散乱，笔下的气也就断了。

　　怀爱宝时，有朋友推荐我看《佛说入胎经》。我看后倍感惊讶，在两千五百多年前，在没有B超、没有X光机的情况下，佛陀竟然把孩子在母体里生长的情况讲得那样清楚，比现在仪器测量到的还要清楚。

这些年，凡有年轻的女友来咨询我如何养胎时，我都会真诚地告诉她们：养心就是养胎。

用自己写的字来装点家，有着不同寻常的味道

教育就是给孩子提供一个好的环境，让孩子在好的环境中得以成长。

# 孩子的世界

爱宝从三岁开始就喜欢写诗、写文章了。

记得爱宝经常用稚嫩的声音跟我说："妈妈，我要写一首诗，你帮我记下来吧。"我经常是在慌乱之中抓起一支笔，找不到本子时，就随手写在某本书上。爱宝往往喜欢一气呵成，我用只有我自己才能看懂的速记法，勉强地记下了她写的东西。之后爱宝一定会叮嘱我："妈妈，你要在最后写上：无人能看、无人能懂、无人能诵。"我时常笑她是小人精。

之后，我把她写的东西都存在了我的微信私密里，闲下来的时候读一读，经常会让我惊讶，孩子的世界是如此的美好和辽阔，不仅有上天入地的维度，还有成人已不再有的梦幻，如同苏轼说的："明月几时有，把酒问青天，不知天上宫阙，今夕是何年？"孩子能如此，让我想到了"孟母三迁"。教育就是给孩子提供一个好的环境，让孩子在好的环境中得以成长。

昨天是母亲节，六岁的爱宝自己用白纸做了一个本子，还在本子上认真地画了封面，然后交给我说："妈妈，我写个故事，你帮我记下来可以吗？"我正半躺在床上看书，爱宝过来依偎在我的怀里，她一边说，我一边写，偶尔爱宝头发上的奶香会飘过来。那一刻，温暖而美好。

这本书是我人生的第一本书，我想应该有一篇爱宝的文章在里面，因为之前答应过她，不把她写的东西给大家看，所以妈妈要信守诺言。但这个故事是她送妈妈的母亲节礼物，所以，我想应该可以拿出来和大家一起分享。

对一切充满好奇的孩子

## 调皮的小猫

在一个广阔的大世界里，有一只猫。那只猫的名字叫什么？恐怕谁也不知道，那已经是很久很久以前的事了。

有一天，下起了倾盆大雨。突然，那只猫出现了，那只猫说："我不爱吃老鼠，跟别的猫不同。"

别的猫都叫他小傻瓜："你生为一只猫，不吃老鼠，你是什么呀？在河里的鱼才不吃老鼠呢！你就是记忆坏了的鱼。"

那只猫生气极了，大声喊着："我不是猫。"它还说："我看着别人在空气中跳，我看着别人在大声喊。大家都叫我小猫，但无论如何我不是一只猫。我离开了这个世界，跟别的动物在一起玩儿，我也不知道他们是不是猫，但我总觉得他们跟我很像。最后我发现，我们是同类。"

一个会飞的天使见到了猫，问："你是什么动物？"小猫说："有的动物说我是猫，有的说我是狗，有的说我是马，有的说我是兔子，可我真的不知道我是什么动物。所有动物都说我跟他们很像。飞翔的鸟儿说我是鸟，因为我长了一对翅膀。有人说我是大自然中的垃圾，因为我有一个垃圾一样的王冠。我还有猫一样的耳朵、熊一样的嘴巴、狗一样的胡须、骆驼一样的背、马一样的身体、兔子一样的脚。"

最后，这种动物灭绝了。

——

葆有梦幻的童年

姐妹

做父母的，看着他们这样吵吵闹闹，彼此关爱，一天天长大……人世间的幸福大抵不过如此吧！

## 兄妹

哥哥如恒和妹妹爱宝虽然是同父异母，但是从小就生活在一起，两人的缘分好得有些不可思议。

妹妹刚出生不久，爸爸回奶奶家，看见桌上放着宝宝的照片，爸爸很惊讶，就问奶奶："爱宝刚出生，怎么照片就寄过来了？"奶奶笑着说："你仔细看看啊，这是你儿子出生时的照片。"爸爸也愕然。俩人从生下来就长得很像，大姐姐戏称妹妹是女版的哥哥。

妹妹很小的时候，哥哥喜欢逗她玩儿，经常假装跑出去要离家出走，妹妹吓得小头毛都立起来了，边哭边跺着脚喊："妈妈，快把哥哥找回来，哥哥要离家出走了！"我过来帮妹妹擦眼泪，妹妹大哭说："别管我，快去找哥哥啊！"这种"狼来了"的故事经常上演，我们都认为妹妹下次一定不会相信了，可是妹妹每次都会相信，每次都很认真地哭。爸爸也说哥哥："妹妹那么爱你，你不能再这样对妹妹了。"于是哥哥又换了玩儿的方法，背对着爸爸，面朝妹妹，用眼神和再见的动作，假装要走，妹妹继续哭，追着哥哥，用小手拉哥哥。这个故事一直演到去年，估计是妹妹终于清醒了。有一天，哥哥又说时，妹妹果断地说："再见！"故事就此结束了。

一天，妹妹在校园里看见哥哥和同学摔跤，就拍着小手给哥哥加油。看哥哥赢了，妹妹乐得龇着小白牙，眼睛都笑眯了。

有一次，一家人出门旅行。到了机场，哥哥要上洗手间，因为是远机位，所以爸爸叫来了摆渡车。大家都坐上了车，可妹妹却坚持不上车，要在洗手间门口等哥哥。妹妹那时也就三岁吧，她担心开摆渡车的阿姨把车开走，于是小心地走到车前，鼓足勇气，怯生生地说："阿姨，你能等一下我哥哥吗？"我们大人经常会被孩子们所感动到。

哥哥有一天学会了和面烙饼，一大早起床精心地烙了一张饼，自己不舍得吃，要妹妹全吃掉。做父母的，看着他们这样吵吵闹闹，彼此关爱，一天天长大……人世间的幸福大抵不过如此吧！

哥哥和妹妹的家庭小茶会

———

耐心给妹妹讲故事的哥哥

是你们的爱和信任，让我们有了一顿不同寻常的年夜饭。

# 过年

2018年的春节，因为孙楠工作的关系，我们从徐州回到北京过年。早早的，我们就开始写春联、备年货了。

按照传统习俗，年二十三被称为"小年"。从前，家家户户都会在做饭生火的炉灶旁边，贴上灶神爷的画像，以祈求神明的保佑。前年我们家在别处过年，没有灶神像。我和孩子们便就地取材，用棉签和手头上不多的颜色，恭敬地画了灶神爷爷和灶神奶奶。

哥哥在神像两侧写上：上天言好事，下界保平安。接着他又给妹妹讲了灶王爷的故事，哥哥说："灶王爷不仅掌管各家的灶火，还是人间考察善恶的神灵。在他身体的两旁，通常会有两个罐子，一个是善罐，一个是恶罐，家里人做的善事恶事都会被装在罐子中。每逢腊月二十三的小年夜，灶神就会带上善恶罐上天禀报。天帝就会给行善之家施福，给作恶之家降灾。大家平日里说的恶贯满盈，就是指恶罐里满得都溢出来了。"

小年夜，我带着孩子们，在灶台上摆上祭品：糖瓜、汤圆、酒糟、素水饺，焚上香，然后面向神像鞠躬行礼。之后从墙上揭下神像，放置火盆，焚化归天，完成了送神。孩子们在这庄严的仪式感中，产生了对神明的敬畏，有了与天沟通的心意。

年三十的晚上，我们早早准备好了年夜饭。饭前，我们带着孩子们来到灶台前，按照年二十三的仪轨，摆贡品、焚香行礼，之后贴上新的灶神像，完成了接神。之后我告诉孩子们，厨房要保持清洁，要让神前香火不断，以此来表达我们的恭敬心。

祭拜完，大家来到餐桌就座，一起恭敬合掌，感恩一切。和以往吃饭不同，年夜饭，我们一家人围坐在一起，从我开始，每个人谈了自己这一年的收获和心得。

我首先感谢了爸爸，一年来他辛苦工作，给了我们一个遮风挡雨的家。这一年来，看着孩子们一天天地成长，让我觉得所有的辛苦付出都是值得的。

爸爸当时说了很多温暖关爱家人的话。

宝瑶说："我以前觉得自己都很好，通过在华夏学宫的学习，这一年来，我看到了自己的问题和不足，我希望在新的一年里去努力改正。"一个"00后"的孩子说出这番话，真是让我惊喜，这种自省的能力真是太珍贵了。

如恒说："我明白爸爸辛苦工作是为了这个家，我很感激。如心姐姐虽然和我在一起的时间不多，可是每次见面，你对我的疼爱我都知道。潘蔚阿姨，每天工作那么忙，还赶回家给我们做好吃的饭菜，让我很感动。我想跟大家说，我很感谢你们，我觉得我们的家很温暖。"如恒真诚的发言让我的眼眶湿润了。我偷偷地看了一眼爸爸，爸爸的眼眶也是湿润的。

我心里知道，这是一个不同寻常的大年三十。想到在去徐州学习前，孩子们在饭桌上相互抱怨、彼此恶言相向的情景，前后真是天壤之别啊！

生育是顺，教育有克，生克是宇宙法则，养不教父之过啊！庆幸遇到了传统文化，教育孩子的同时，也在教育着我们这些做父母的人。

我只想跟孩子们说："感谢你们来做爸妈的宝贝。"是你们的爱和信任，让我们有了一顿不同寻常的年夜饭，更有了不一样的人生。

——
师徒

# 孙楠给孩子的一封信

感觉中，孙楠一直是一个长不大的孩子，简单、快乐、阳光。我时常和朋友开玩笑：我们家有五个孩子，我是五个孩子的妈。

孙楠每天回家进门第一件事就是喊："妈妈，妈妈在家吗？"一看我在家，就马上踏实地该干啥干啥去了。虽然他每次喊，都是对着孩子；可事实上，生活中我何尝不是个妈妈的角色呢？从古至今，中国人把结婚叫"娶新娘"，看字面相信大家也就明白了。所谓"新娘"，就是妈妈年纪大了，不能照顾儿子了，再娶个新的娘回家，完成妈妈的使命。男人一但在新娘身上找到妈妈的感觉，这段婚姻也就稳固了。要知道，天下的男人可以义无反顾地离开老婆，但是谁会舍得离开自己的娘呢？

平日里，外出打拼、养家糊口是孙楠的事情，照顾孩子、料理家务是我的责任。

孙楠不工作时喜欢和孩子们一起玩儿，可能他自己不觉得，作为旁观者的我，从我的角度来看，就是一群小孩儿在嬉戏打闹。

孙楠也有严肃认真的时候。学了传统文化以后，有一天，我跟他说："你唱《红旗飘飘》，从传统文化上来解读，'五星'木、火、土、金、水，对应'五德'仁、礼、信、义、智，所以《红旗飘飘》里反复唱到的五星红旗本身就是对'五德'的弘扬！"他听了以后也很认可。他外表新潮、骨子里很传统。他希望他的孩子要有德行，要知道心里装着别人，将来能做个对社会有用的人。在孩子的教育上，孙楠还真不含糊，否则也不会同意举家搬到徐州，让孩子接受传统文化教育。

去年父亲节时，他给爱宝写了一封信，我看后很是感动。在孙楠孩子般的外壳里，住着一个情感丰富、有爱的爸爸。在这里，我把这篇文章与大家分享。

## 人生有爱，无惧平庸

### ——给女儿的一封信

爱宝：

今天是父亲节。有些话，爸爸想和五岁的你说一说，怕你现在还不懂，我就把它们写成了一封信。希望有一天，你能明白。

伴随着你风一般地成长，我有一种时不我待的紧迫感，且越来越强烈。我不知道，这美好的时光还有多久，我想和你一起经历成长中的每一件小事，和你分享每一天的快乐……

上个月，你学会了骑自行车。我记得你说你害怕，一定要我先示范，你才敢骑。于是，一个硕大的爸爸骑在儿童自行车上，难免有些滑稽，可我觉得很幸福。苏轼有一句诗："人间有味是清欢。"普天下所有的聚光灯和掌声，都比不上和你一起骑车子的快乐。

还记得你刚出生时，只有那么一小点，被我捧在手里。然后，你一点点长大，先是咿呀学语，接着蹒跚学步，直到扎起了小马尾，蹦蹦跳跳跑进了华夏学宫的童蒙班。这并不是一所英国人开的学校，也不是法国人开的学校，而是我们自己的国学学校。你在这里学习传统文化和礼仪修养；妈妈在学校里学习传统文化并教授女红；哥哥和你抢着背《千字文》和《弟子规》；你还有一个疼爱你的姐姐，不管去哪里玩，都不忘给你买好吃的。看到你和哥哥、姐姐围坐在我身旁，让我想起了我和妈妈都爱的一句话："漫山遍野都是今天。"

可是，爸爸必须诚实又残忍地说出一个事实，那就是，人生总是要面对离别。我们一家人现在再好，总有一天，你也要离开爸爸妈妈。我希望这种离别不应该是痛苦的，相反，它应该是未来甜蜜的回忆。

最近我常常听我们去年一起录制的《学堂乐歌》，每听一遍，心里全是满满的宁静。《送别》原本是一首很悲凉的歌，但你纯净的歌声却是那样抚慰人。爱宝，你不会知道每次听到这里，我的心情有多么复杂。想到终有一天，你会长大，我会老，父女会分别。到那时候，我还能教你什么呢？还能陪你做些什么呢？

爱宝，将来你一定要找到一个比我更爱你的人！不要以为"爱"是一件很容易的事。最真挚的爱，只会出现在两个完整的人身上。同样，能教会你去爱的，并不是这个世界上的某一个人，而是你自己的智慧和善良。

爸爸这半生，也算得上精彩。依爸爸的经验来看，一个人想学会骑车、弹琴、舞蹈，都是比较容易的事，难的是培养自己的气质和诗性。因为这两样东西，才是一个人的本质，最难速成，一定要从小耳濡目染才能习得。

也因此，我们全家搬到了徐州，选择过平静安宁的生活，过滤掉世界上的一些纷扰。外面下着雪也好，下着雨也好，我们一家在一起，妈妈打着毛衣，你坐在窗边涂涂画画，哥哥在外面疯玩，姐姐看她的书，我一会儿看看书，一会儿看看你们。

　　这便是人间的真味了。

　　爱宝，爸爸永远不要你为追名逐利而活。赠人玫瑰，手留余香，只要拥有利他之心必会芬芳，要记住慈悲喜舍才是智慧和快乐的源泉。

　　我和妈妈把你们送去华夏学宫，在那里学习文化典籍和琴棋书画，浸染一些诗意和气质。虽然你还不懂那些诗句到底是什么意思，可是，总有一年春天，当你看到桃花盛开时，会突然明白什么叫'桃之夭夭，灼灼其华'，明白什么叫"春风得意马蹄急"，而不是对着手机里的游戏不能自拔。

　　爱宝，要学会真实！真正美好的事是——让牛羊像牛羊一样，让树木像树木一样，让你自己就像你自己一样！美好的东西首先一定是真实的。

　　世界上有很多人，住在山上修行了好多年，可还是有尘世的习气，烦恼依旧。我们让你从小读儒释道，学国学，是为了给你一个更高维度的世界观，让你可以站在五千年华夏圣贤的肩膀上去思考，去认知这个宇宙。世界那么大，你都应该去看看，接受各种文化和思想。可是你先要拥有基本的德行和气质，时刻不要忘记自己是华夏儿女。

爸爸不得不告诉你，我们生活的世界，是一个充满尘土的世界。总有一天，你会发现世界的沉重和混乱，并不像最开始那样美好。那时，你一定会感到孤独，但是你一定要学会享受这种孤独。

　　当你独自一人面对世界的时候，还可以想想我们现在的家，想想你读过的诗、念过的书，还有千百年来历史上那些和你一样的人。到那时，你就能感到一丝温暖，知道你自己并不孤独。

　　亲爱的爱宝，任何一种艺术创作，最高境界都是灵光闪现、妙手偶得。我认为，这世界上最难的艺术创作，莫过于给子女的爱。人常说，孩子就是父母最好的作品，为此我时常惶恐：唯恐自己的学识浅薄，无法给你浩如烟海的知识；唯恐自己的言语轻佻，无法给你稳重大气的举止；唯恐自己的观念世俗，无法给你爱人得仁、浩然正气的情怀……

　　六十年前，上海有一位非常著名的翻译家，他在给万里之外求学的儿子的家信中说：要保留"赤子之心"。这句话出自《孟子·离娄下》，赤子就是初生的婴儿，这里是比喻人心的纯洁善良。我的职业是以歌唱的艺术来表现人生，我知道艺术动人的表现，都是心灵的投射。所谓心造万物，唯有葆有一颗赤子之心，才能感动天地！

　　艺术最忌平庸，人生有爱，则无惧平庸。

爱你的爹爹：孙楠

2017 年 6 月 18 日晚

经历过了，就已经拥有了曾经的那份美好。

# 孙楠的初恋

从嫁给孙楠的那一天起，我就清楚地知道，我今后的角色是四个孩子的妈。生完爱宝后，我就成了五个孩子的妈了，孙楠算是最大的一个孩子。

我婆婆经常跟我说起孙楠小时候的事情，每每说起，都是"怎么还没亲够，他就长大了"。

孙楠小时候特别白，三岁时一个人站在阳台上唱样板戏，一唱就是两三个小时。左邻右舍都喜欢他，他嘴甜，见人就叫，邻居家的爷爷有好吃的，甚至不舍得给自己孙子吃，专门留给孙楠吃。

上幼儿园的时候，他经常趁着别人午睡，一个人跑出去溜达。时间久了，幼儿园都不愿意收他。妈妈很生气，要打他，他拉着妈妈的手，红着眼圈说："妈妈，别打了，教育教育就可以了。"

听他的中学同学说，他上中学的时候又会弹钢琴，又能弹吉他，引来不少女生的爱慕。当有女生主动要求孙楠放学送她回家时，孙楠都认真地安排别的男同学帮助他送女生回家，用他同学的话说就是："开窍晚。"

孙楠的初恋是个叫辛欣的女孩儿，在辛欣高中时孙楠就喜欢她了，一直等到她十八岁毕业，才向她表白，开始了他们的初恋。

和孙楠不太熟悉的时候，曾听黄格选讲孙楠的故事，让我对这个人有了不一样的认识。那时他们一起住在地下室里，有一天，孙楠在认真地收拾整理床铺，剪了窗花贴在蚊帐上，激动地告诉黄格选："辛欣要来了！"到了晚上，他骑车带辛欣出去吃饭，问黄格选借钱，黄格选口袋里也没钱。结果孙楠自信地说："没事儿，我兜里有两块钱，给辛欣买几个串儿，我看她吃就可以了。"

后来辛欣去了日本，孙楠每个月几百块钱的工资都用来和辛欣打长途电话了。一天孙楠出门和朋友吃饭，临出门前，突然有种感觉，就告诉看门的大爷说："如果有人找我，就说我在门口饭馆吃饭。"吃饭时孙楠背对着门，突然间，感觉空气凝滞了，只觉得背后发热，猛然回头，见辛欣拎着行李箱站在饭店门口。孙楠跑过去，一把抱起她，顺势将她扛在肩上，一路小跑往宿舍奔去。

我想，如果是一个女孩子年轻时被一个男人这样背过、爱恋过，此生应该无憾了。不是所有的公主都能嫁给初恋情人，也不是所有的爱情童话都有完美的结局。经历过了，就已经拥有了曾经的那份美好。

事过多年，辛欣也已有自己的家庭和孩子。他们还会互通电话，也会聊起共同的朋友。不例外，孙楠也会和我说起他们的曾经。

我想人世间的友情、爱情、亲情，都是过往，修行也是在息缘，倾尽一生的时间，还掉累生累世的债，一身轻松，朝着自己的目标前行！

# 关于爱情

我从小就深信，这个世界上一定有爱情存在。那个青青子衿的男子一定在我人生的某个地方，一直等候着我。

当我以四十岁的"高龄"和孙楠一起步入婚姻殿堂的时候，没有了童话故事里的年轻貌美，有的是一个经历过两次婚姻，带着一个十六岁女儿的单亲妈妈。

我俩结婚的消息被媒体捕捉到后，引起了各方的质疑，铺天盖地，一夜间我也变成了大家茶余饭后的谈资。不管外界如何猜测、论断，日子总需我们自己一点一滴去过、去体会。

我想这个宇宙世界都是由阴阳构成的，人活在这个世界上有得就会有失，这是能量守恒定律。一个人不能什么都想得到，被谩骂指责也是需要去经历的，这是成长的路径。

轰轰烈烈的爱情过后，一切都趋于平淡。然而在这柴米油盐酱醋茶里，如何让爱情继续下去，这是婚后我所面临的功课。

有一天我终于明白了，"因为爱所以爱"的婚姻生活不容易长久；唯有将爱情和婚姻与道相合，才会旷日弥久。

前年，我俩一起在四川青城山闭关禅修。入关前，我叮嘱他："这三天你就当我不存在吧，彼此勿发脑电波。"据说，能在同一个禅堂里闭关修禅的夫妻，需要七世的善缘。三天止语、过午不食，这感觉有点像不断奔驰的汽车，突然间刹车。当我真正静下来的时候，反倒更清楚地看见了自己。对于物质，我已不再迷恋，唯一让我放不下的就是孙楠和孩子了。这是我眼下的功课，同时我又深知，放下后才能更深切地去爱。

夫妻是因缘的聚合。能将这一世的情缘，转成共同修行解脱的道缘，才真正不枉相聚一场。

孙楠过生日时，我用树叶精心地给他拼贴了生日卡，上面用毛笔细细地写着：做夫妻，亦做解脱路上的金刚兄弟，假如还有来世，依然做你共愿同修的妻子。

我画我和孙楠

大地对所有的好坏美丑都不起分别，悉数含藏润化，生养万物，同时又不彰显自己。

# 做个智慧的女人

智慧的女人知道天地分阴阳、人分男女；男人是乾是天，女人是坤是地。天的本性是创始，地的本性是生成，这是宇宙的阴阳分工。

智慧的女人知道安守本分，涵养坤德。坤德：正直、光明、广大，做事不执着、不刻意，时时随顺欢喜。

初接触传统文化时，一次我给孙楠打电话，我说："孙楠，以往家里出现的所有问题都是因为我'缺德'！"孙楠笑着问："为什么？"我说："一个女人应该要厚德载物，这是大地的秉性。大地对所有的好坏美丑都不起分别，悉数含藏润化，生养万物，同时又不彰显自己。"孙楠坏笑道："认识到自己了。"是啊，只有认识到了自己，才有改正自己的机会。古人云："气质之性，修而后能改。"

以前作为职业女性时，习惯强调独立。到了这个年纪才知道，真正的独立是内心深处的独立，而非外在的刚强坚硬。

一个智慧的女人应该知道，在卦象上男人是离卦，女人是坎卦。离卦外在坚强，里面其实是阴柔的；女人外在是阴柔的，而里面是刚强的、坚韧不拔的。明白了这个道理就知道了——其实每个男人的内心都是个柔弱的小孩儿，需要被母性呵护。虽然男人在外打拼，但回到家就是一个可以任性的孩子。"新娘"就要尽其责，多加呵护，这样的家庭就会和睦，这也是自然法则。

一个智慧的女人体会到了做女人、做母亲的不易后，就会换位思考，知道婆婆养育儿子也是一样的不容易，她就懂得孝顺公婆，和兄弟姐妹和睦相处了。

一个智慧的女人会知道，朋友是人生很大的财富，她会懂得珍惜友情。

一个智慧的女人会知道，在坤位上如果不生火做饭，家庭也就旺不起来。

智慧的女人会让内在和外在的美完美结合，呈现出率真、诚信；处事时知道摆正自己的位置，内心充满宁静和仁爱，所以举手投足间无不是美。

其实做个智慧的女人不易。但是，只要知道了道理，明白了方向，努力的过程不也就是人生的过程吗？

借由一针一线表达爱

哥哥和我，是兄妹，是儿时的玩伴，亦是彼此的良师益友，更是解脱路上的金刚兄弟。

# 哥哥

我和哥哥相差不到两岁。

妈妈说，生我的时候，爸爸把我和妈妈从医院刚接到家，一岁多的哥哥看见我，就激动地把手里正吃着的饼干都砸在了我头上，要把饼干全给妹妹吃。

我小时候身体壮实，性格很像男孩子，哥哥相对瘦弱，我们两个在一起基本看不出年龄的差距。

我们一起玩儿，一起上幼儿园，上学的路上我俩总是勾肩搭臂地说着走着。邻居们看到后，都羡慕地跟我妈说："你看，你们家这两个孩子好得！"

我和哥哥一起上小学，同一个班，那时我六岁，哥哥八岁。上课时，老师讲了什么我完全听不懂，考试的时候我就抄哥哥的。老师看我总抄同桌的，就把哥哥换到前面坐。再考试时，坐在前面的哥哥就把卷子举在肩膀上，以方便我看得清楚。后来，爸妈看我实在跟不上了，就让我休学了。

工作以后，我和哥哥都离开了家，但在同一个城市。哥哥在省政协做秘书，我在省电视台做播音员，那段时间我们有相依为命的感觉。印象中，哥哥从来不给自己买衣服，他穿的衣服都是我们电视台发的工作服，或者我出去采访时，主办单位送的印有活动纪念章的衣服。

我拔牙、生孩子、做阑尾炎手术，都是哥哥陪着我。在哥哥心里，照顾妹妹是自己天经地义的责任。

哥哥和嫂子结婚后，哥哥曾非常认真地跟我说过："我此生最大的心愿，就是让我的老婆孩子幸福！"当时，我笑哥哥是房檐底下的小麻雀。

父亲生病的时候，哥哥在省政府的一家投资公司做领导，但是为了照顾父亲，他主动和单位提出调到工会工作，把重要岗位让给别人。父亲生病的那两年时间里，哥哥鞍前马后、尽心尽职地照顾，让父亲无比的安心。

父亲走后，哥哥公司新上任的老总认为：一个人可以这么孝顺父母，工作中一定会心系员工，以公司利益为重。所以等哥哥回去上班时，反倒被委以重任。哥哥现在是两家公司的董事长，他努力工作，并且让公司转亏为盈。

父亲走后，哥哥开始吃素，他说："中国人说要守孝三年，我虽不能真的去父亲坟前守孝，但是我以我的方式为父亲守孝了。"

哥哥有时出差路过徐州，会来学校看我。他一双布鞋，一件白衬衣，一个双肩背包，可能是心态好的缘故，完全看不出已是五十岁的人了。每次见面，我们大都聊彼此心灵的成长，以及在遇到人和事时，我们怎样看见自己，怎样一天天完善自己。

哥哥和我，是兄妹，是儿时的玩伴，亦是彼此的良师益友，更是解脱路上的金刚兄弟，愿我们彼此增上，不枉此生兄妹一场。

我画的哥哥和他女儿

爹如果给你们拿一个馒头回来，将来你们长大了，会一辈子瞧不起爹的。

## 姥爷

　　我从小就对百衲衣和补丁有着特殊的情感。前些日子，我用旧裙子做了件百衲衣。

　　小时候由于父母工作忙，我就和姥姥、姥爷生活在一起。记忆中，姥爷一直穿着一件蓝色工装，工装被洗得发白，上面还有几块儿补丁。因为姥爷有哮喘，所以他的脖子上经常会挂着一个白色的口罩，口罩平整地塞进衣缝，露出整齐的白边。

　　姥爷和朋友们在一起的时候，不大爱说话，总是微笑着倾听；即便偶尔说上几句，也都是些让人暖心的话。

　　平日里，姥爷喜欢坐在一把竹椅上，双脚平行立地，双手垂放在双膝上听广播。即使孩子们跑过来坐在他的腿上、爬到他的肩上，他也依旧保持着之前的坐姿，微笑着任由孩子们嬉戏。

有着男孩子性格的我小时候很调皮，但是姥爷从来没有责备过我。有一次我和哥哥突发奇想，在姥爷铺着红砖的卧室里，掘了两块儿砖，挖了个地洞，里面放上玻璃珠子、鸡毛等当时的"宝贝"。姥爷发现后，并没有训斥我们，只是把我们叫到身边，温和地说："姥姥年龄大了，地上的砖松动了，姥姥走在上面，不小心就会摔跤。做事情不要光顾着玩儿，心里要装着别人。"因为姥爷没有责怪我，这件事情反而让我一直记在了心里。

记得妈妈和我说过，1960年三年困难时期时，妈妈姊妹七个经常吃不上饭。那时候姥爷在食堂做司务长，看着饿得皮包骨头的小舅舅和妈妈，姥爷心疼地对孩子们说："爹如果给你们拿一个馒头回来，将来你们长大了，会一辈子瞧不起爹的。"

我工作那年，姥爷走了，我留下了他的拐杖和他满满的爱。有一天我想，做一件百衲衣吧，于是就有了这样一件姥爷的百衲衣。

在中国传统教育中，是避讳死亡的，把最后穿的衣服都称为『寿衣』；然而死亡对我们来说，又是一件不能不去直面的大事。

# 超度

父亲生病了，身体一天天虚弱。我们在父亲面前假装他的病情不严重，可是心里清楚地知道，这应该是一场渐行渐远的告别了。

在中国传统教育中，是避讳死亡的，把最后穿的衣服都称为"寿衣"；然而死亡对我们来说，又是一件不能不去直面的大事。

我们兄妹开始重读《西藏生死书》，希望在书里找到我们需要的答案。

最让我们遗憾的事情是，我们一直没有勇气对父亲说出真相，让他做好和我们告别的准备。我们总是强颜欢笑地给父亲希望，直到现在，我们想起这件事，依然觉得很遗憾。

父亲生病期间，孩子们一直陪伴在他身边，这让父亲无比安心。

庆幸的是，在父亲离世前一个月，有一天就我一个人坐在他的床前，我拉着父亲的手，鼓起勇气和他说出了我的心里话，我说："爸爸，感谢您给了我们一个温暖的家，我以前年轻不懂事，现在明白您特别爱我。您还有什么没有完成的心愿吗？"父亲说："没有，一切都很好。"我说："爸爸，我们都不缺钱，您存款里的钱可以帮您捐了吗？"爸爸果断地说："可以，给寺庙里捐一尊大的观音菩萨像吧！"

菩萨像落成时，父亲已经往生了。每次去烧香拜佛时，都会想起父亲。

父亲走的时候，我们按照中阴度亡的仪轨，给父亲超度。先是在父亲弥留之际，把甘露丸放在父亲口中；父亲闭上眼睛后，立刻给他盖上金刚被；之后家人就开始在父亲的上半身附近诵经，先念《地藏经》，后念《阿弥陀经》。哥哥趴在他耳边，轻声地告诉他："爸爸，不要害怕，朝着光明的地方去，那里有佛菩萨在等着你。"一遍遍，哥哥一直在父亲耳畔轻语。我们都不去碰触父亲，因为一点点的力量，都会在他那里被放大七倍。我们都忍住不哭，不想让眼泪成为父亲解脱的障碍。

给父亲做了六天的超度后，殡仪馆的工作人员见到父亲都非常惊讶，因为父亲的身体不仅没有僵硬，反而柔软得像个婴儿。骨灰烧出来后，孙楠感叹说："比白还白！"

安葬完父亲后，回家的路上，所有人的内心都异常的平静。我想这一定是父亲解脱的喜悦被我们感应到了。否则，在这生死离别的时刻，我们何来的这份从容和淡定呢！

他一直在帮助别人，以至于帮助别人成了他的一生。

# 父亲

我儿时因在姥姥家长大，所以总是认为父亲不够疼我。父亲离世后，我才一点一滴地体会到父亲的好。父亲一生都在努力做一个有德之人，他一直在帮助别人，以至于帮助别人成了他的一生。

追悼会那天，整个殡仪馆大厅密密麻麻站满了几百人，来为爸爸送行。我代表妈妈念她写给父亲的追思文（文字由大女儿如心帮姥姥执笔），现场所有的人无不为之动容。今天，我把这篇文章留在这里，表达对父亲的思念。

父亲生前经常在这张书桌前抄《地藏经》。此刻用
这朵白花表达对父亲的思念。

我与明环相识于1960年。

　　1967年结婚后，相互扶持，至今走过了50个春秋冬夏。1月22日是我们的金婚纪念日，明环很重视，但因为他身体不好，所以由孩子们吃火锅代为庆祝，他自己依旧吃些清淡的。学生们买来了君子兰与牡丹花，有了简单的仪式感。现在回想起来，朴实而温暖。

　　年轻时候的明环就十分有才华，唱歌、二胡、书法、诗词、作文、样样精通。他热爱生活，养花养草，院子被打理得干净有序，让这个家充满了生气。我并没有那么善于生活，日常中，处处依赖着他。大事小事，小到饭菜的咸淡、衣物的摆放、买东西的选择，大到生病的照料、对整个家庭未来的抉择。当然，我们有时也会因为一些鸡毛蒜皮的小事吵架拌嘴，惹得他嘀咕，自己也难免怄气。如今回忆起来，都成了美好的事情。

　　明环对孩子们也是很好的。生黎黎之后，我的身体出了毛病，腿脚不能动，晚上一直是他陪着黎黎睡，细心照料。年轻的时候，我们并不富裕。记得有一次出差，他依然惦念着孩子们，回来时特意带了一些毛线，让我给他们一人织一件毛衣。有时，他推着自行车，连拉带领着三个孩子，我不能忘记他回头微笑的脸庞和坚实的背影，以及那些平和的日子。如果没有他早年的教育和照料，孩子们不会像现在这样事业有成，阖家圆满。

明环一生与人为善，乐于助人。77年的生命中，帮助过许许多多的人战胜病魔，脱离困境。我想，这也就是为什么他临走时诸多人来照料、来送他的原因。

　　明环走后，孩子们将他的遗体安放在他离开的地方，持续诵经6天，以助他登极乐净土。明环静静地躺在他的卧室里。过年的这几天，有时候儿孙们一起吃饭，在客厅里聊天，卧室的门关着。恍惚间，他还没有离开，只是睡着了，也许还打着鼾。我们都不愿意去叫他，也不愿意打扰他，只是让他睡着好了。一切都是那么的安静祥和。只有院子里的灵堂在提醒我，原来他已经离开了这个他生活了8年的地方。我忍住不能哭，但时而想起他，还是忍不住红了眼眶。

　　明环，感谢你今生为这个家所奉献的一切，感谢你积累的所有善缘，我们会把这些永远放在心上。明环，我们很想念你，但是，我们更为你喜悦。西方净土不会再有痛楚，脱离了这沉重而负累的身躯，你获得了自由。请在那边莲花盛开的地方为你的子孙祈请平安，愿我们百年之后再遇。

# 老人

父亲在世的时候，虽然我年龄一天天变大，但是心理上总觉得，自己依然是个被父母关爱的孩子。

直到父亲离世后，一刹那间才意识到自己也快要到五十岁了。中国人说："五十岁知天命。"看看身边孩子大都没有成年，年迈的母亲也逐渐需要人来照料，学校里还有许多工作需要我去完成，突然有种被需要的感觉，这种感觉让我不想那么快地老去。然而，时间依旧不紧不慢地流淌着。

有一天陪母亲睡觉时，母亲躺在那里张着嘴巴，发出很大的呼噜声。假如当时我还年轻，或许我会因此睡不着，甚至还会有些许的情绪。可是，那一刻，我开始换位思考，如果躺在那里的是老得不能动的我，而我是将来的爱宝，那我希望爱宝怎样对我呢？念头起来后，我用无限的爱注视着母亲。我知道，我们每个人终究会老。

怀着爱宝快生的时候，我身体特别沉重，经常过马路时一个绿灯都走不过去，第一次觉得绿灯的时间是那么短。也是在那一刻，我体会到了老人行走时的不易，他们行动不便、反应迟钝。自此，每当在街上、小区里看见老人时，我都会生起关心的念头，尽量避让或帮助扶持。

去日本旅游的时候，经常被一些场景所触动。一个年轻的妈妈怀里抱着小的孩子，背上背着稍大的孩子，自行车后面还坐着一个，妈妈是那么无私地奉献着。然而，孩子长大后，大都很独立，也不会去赡养父母。所以我们在日本会看到70多岁的老人开出租车，在收费站工作，一个人去超市买生活用品……想到孩子们小的时候，妈妈是那么细心地照料他们，再看看妈妈们老了后的孤独，这让我感慨不已。

人口老龄化的不断加剧，这是各国政府都不得不面对的问题。然而这个问题在中国却不是问题，中国的古人或许早就预料到了今天，所以中国文化里讲求孝道。孝道是中国文化的根。因为要尽孝，每个家庭就把老人的赡养问题承担了，所以中国常见四世同堂这样的大家庭。假如一个孩子悖逆了孝道，把父母送进养老院，就会被十目所视、千夫所指，遭到街坊邻居的指责，用句土话说：脊梁骨都会被人戳穿。

这些年，我常常会想，等我老了的时候，我是怎样离开呢？是躺在医院里被抢救着离开？是在熟悉的家里，在孩子们的身边坦然地离开？还是像古圣先贤示现的那样，自主了脱生死？这一切都可以由我自己做主选择，只看此生朝着哪个方向努力了！

人间有味是清欢

现在我不管多忙，都会回家给孩子们做饭，这样过生活我很享受。

## 简单的生活

我们离中国文化越来越远了。

记得小时候，家里有一台小黑白电视机、一个摇头小风扇，五斗橱旁边放着妈妈的缝纫机，床上桌上都铺着妈妈亲手钩的东西，穿的是妈妈缝的衣服、钩的毛衣，买菜用的是篮子，出门骑自行车。那个时候我们的生活真的很美。

那时我们周围没有被这些廉价的塑料充斥着，没有被这些假的欧式家具充斥着。到现在，我在家还是尽量不用塑料的东西。买菜用篮子，冰箱里我会尽量放些盒子，塑料的东西有毒，你扔到大地上它几百年都分解不掉。我用茶树粉洗碗，因为它天然环保。在生活中我尽量做到环保，以呵护我们的大地母亲。

有的人笑我不爱给孩子洗澡，首先我不想那么浪费水，再说我觉得老洗澡会损伤孩子身上的阳气。有人问："每天不洗头发头发不会油吗？"我说："头发如果不油，为什么非要每天不停地洗呢？"

以前，我也经历过追逐物质的生活。来到徐州后，租了个小房子，带来了不多的衣物，终于感觉到衣服少了真好。衣服多的时候，衣柜里似乎永远少一件衣服；衣服少的时候，才感觉衣柜里会多出一件衣服来。去年，我被校长"说了"，说我一个月只穿一件棉袄。说实话，不在乎物质后的那个自在，只有自己经历过后才能懂的。

其实物质这个东西追求起来没有止境，也不能带给你真正的快乐。在给孩子们上课的时候，感觉自己好快乐啊！孩子们过来和我撒娇，我非常开心，告诫自己要好好珍惜和他们相处的每一分钟。孩子们对我这么信任，想到一不小心就会辜负他们，真是要谨言慎行啊！

其实是华夏学宫给了我真正的生命。安徽台、珠海台、旅游卫视各大媒体，我都经历过了。在北京，见过许多的人和事，终于有一天遇到了华夏学宫，有时自己想想都感觉既幸运又惭愧。幸运的是还好遇到华夏学宫，接触到了传统文化，终于可以不断地看见自己；而看见自己以往的种种不是时，真是让人惭愧。

说句心里话，其实家不用太大，有妈妈的地方就是家。我也反思以前家里都是请阿姨做饭、照顾孩子，这段时间都是我自己给孩子们做饭。我越来越喜欢做饭了，孩子们也爱吃，我希望以后孩子长大了最喜欢的还是妈妈做的饭，童年中最美好的味道是妈妈做的饭菜。等我老了，他们回来，我还可以给他们做儿时的饭菜，让孩子们重温童年时的美好。所以现在我不管多忙，都会回家给孩子们做饭，这样过生活我很享受。我希望我可以在生活上、精神上完全独立。

　　每一个生活的细节，都在表达我的内心。有一天我可以拿掉很多依靠，但是需要一件一件地去经历。像前些年，周围人喜欢欧式家具，我却觉得它没承载我儿时的记忆，虽然美，却和我们的文化没有关系。我们家装修完后，孙楠都笑了，说："这都装的什么呀？不就是我小时候用的东西吗！"我说："对啊！就是想唤醒你童年最美好的记忆。"手绣的窗帘、老竹椅、暖水瓶，这一切就是想把童年那最美好的温暖带进来，因为它们承载着我们的记忆。

　　就像电影《芳华》，我们看了会很感动，为什么呢？因为它让我们忆起了青春年少的过往，唤起了我们曾经的美好。

北京家的小院儿

——
喜欢用路边野生的花草插花，欣赏它们
无拘束的自在。

# 做饭

做饭对于我来说，从小就是一件让人欢喜的事情。

小学一年级时，我大约也就是六岁吧。放学回家，进不了家门，就和哥哥从门头上爬进去，生火给家里人做饭。那时候，家家户户都用蜂窝煤做饭。为了节省煤，每次做完饭后，就把炉子里的火灭掉，下次做饭时再生火。等我们煮熟了饭，爸爸妈妈回来一看都乐了，我和哥哥满脸满鼻子煤灰，一锅稀粥做成了稠米饭。

每年端午节，我们当地的习俗是每家每户自己包粽子。我妈妈不会包，但我却包得特别快。我开始会包粽子，大约也就是上小学四五年级吧。端午节的前一个晚上，我一个人可以包出满满一大铝盆的粽子，不仅够自家人吃，还可以富余出些给大人送朋友。

记得上初中时，爸爸工作回来累了，就微笑着跟我说："蔚蔚，给爸爸擀面条，下碗炝锅面吧。"我无比喜悦地接受了爸爸的命令，连和面带擀面条，不大会儿，一碗热腾腾的面条就端到了爸爸的面前。爸爸直到离世，都一直爱吃我下的面条。

和孙楠结婚后，偶尔给他做顿饭，他会一边大声说好吃，一边说："我娶这老婆真是赚了，不仅会打球，做饭还这么好吃。"表情夸张得让人哭笑不得。

搬家到徐州后，我渐渐地担负起了给全家人做饭的职责。在这一过程中，我发现自己是如此迷恋做饭，就像孩子迷恋扮家家一样。看着不同的食材加上不同的佐料，在自己手中像变魔术一样，变出孩子们爱吃的饭菜，真的是让人很满足。

爱宝有个好朋友叫丹丹，每次来家里吃完饭后都大声地跟我说："潘蔚阿姨，我太喜欢吃你做的饭了！你做的饭太好吃了！"

突然记起，刚工作后不久，女友曾给我起过一个外号叫"能干婆"，现在想想，改成"煮饭婆"再合适不过了。

如果能一辈子做个温暖别人的煮饭婆，也真是不错。现在，想象着自己将来老了，满脸皱纹、满头白发，还颤颤巍巍地在厨房里给一群孩子煮饭，那是一件多么美好的事情啊！

——

享受给孩子做面食的过程

# 怎样做出好吃的饭菜

　　要做出好吃的饭菜，从技术层面来说，应该不是一件太难的事情，但是真要深究，做饭其实并不简单。

　　用料新鲜是做出好吃饭菜的根本。通常我不会一次买很多的菜放在冰箱里，因为冰箱里放的菜，大都有一股儿说不出的冰箱味儿。

　　需要调馅儿时，我通常都不用工具，洗干净了，直接用手去调和。我爸老说："手上有气，有能量。"果不其然，每次用手调和的饭菜都和用工具调和的不同，好像更进味儿，更松软。

　　很多年前，看过一部电影叫《浓情巧克力》，大概是说一个女孩用满满的爱意做出的饭菜，让人吃出了美好和恋爱的感觉。我觉得，做饭的最高境界应该是心意。假如，一个家庭主妇和邻居发生了口角，然后气鼓鼓地回到厨房，这样心情下做出的饭菜一定不好吃。假如，内心充满关爱，想要给家人朋友做上一顿香甜可口的饭菜，并且边做饭边愉悦地唱着歌，这样做出的饭菜，一定是美味佳肴。

还有一部让我印象很深的动画电影《美食总动员》，当苛刻的美食家吃到小老鼠做出的饭菜时，他感受到了童年时妈妈给他做饭的味道，顷刻间美食家就泪奔了。一个人最美好的回忆，一定是妈妈做饭的味道。为人母的我们，千万不要辜负孩子美好的童年和味蕾的记忆。

做饭就像泡茶、做女红、写书法一样，把买来的蔬菜洗净切好，一切都了了分明了。如果说坐禅是修行，难道做饭不也是修行吗？曾听过一个故事，一个不识字的老奶奶问佛陀："我每天劈柴、打水、做饭，如何修行啊？"佛说："了了分明。"

做饭时，要让自己安住在当下。比如切菜时，把自己奔腾的、四分五裂的心收回来，手在切菜，意识也在刀和菜上，一下、一下……

给孩子们包馄饨

吃素后，我渐渐地吃出了米的香味，面的清甜，蔬菜的菜香。

# 吃素

之前，我从未给自己设定过吃荤吃素。

直到有一天，父亲生病，有人建议我：给父亲买些活的鲫鱼炖汤喝，或许会对病情有所帮助。我赶忙找到家附近的菜市场，正好遇到一个老奶奶在卖活的鲫鱼，我买下鱼后就直奔父亲的住所，想让父亲能喝上新鲜的鱼汤。把鱼放在水桶里后，我就陪着父亲聊天说话。出门时，鱼还在水桶里翻腾；我过去看了一眼，这些鲜活的生命在水里挣扎。不知为什么，突然一阵恶心，胃里有东西不断朝外涌，我忍住没吐出来，拎起装鱼的水桶就往楼下跑，回到菜市，找到了卖鱼的老奶奶，请她帮忙把鱼送回池塘放生，千叮咛万嘱咐后才离开。自此，我再也没有吃过任何荤，我自己称此为"天戒"。

和朋友们一起出去吃饭时，我尽量不说自己吃素，否则会打扰大家，让大家觉得不便。有一次出远门，心想终于可以吃点可口的东西了，未曾想接待我的好友知道我吃素，赶紧吩咐人去帮我做饭，且不忘叮嘱："嫂子吃素，下碗阳春面，一定要少油少盐啊！"

其实我自己在家做饭时，也是吃素，并且是吃得很有滋味。下班回来晚了，给自己下碗素米线，放上云南的酸菜、鸡枞菌酱、四川的辣椒酱，再加上酱油、醋、花椒油、香油，还有韭菜、小豆芽，一碗热腾腾的米线很快出锅了，连吃荤的朋友都觉得素米线好吃。

记得有一次，北京来的一位朋友到家里吃饭，我给他煮了满满一海碗米线。他说吃不掉，我说没关系，你先吃吧，吃不掉可以给孙楠吃。吃完后，我问他好吃吗？他笑着说："嫂子，我都十几年不吃主食了，你看，这一大碗我都吃完了。"

其实我想说，吃素也可以吃得很好。平日时间富裕时，给自己和家人炖锅菌汤，放上山药、藕和生花生，既养生又鲜美可口。吃素时间久了，会发现上天对人非常公平，当它关闭你一扇窗时，就会再帮你打开另一扇窗户。吃素后，我渐渐地吃出了米的香味、面的清甜、蔬菜的菜香。这些小时候才有的久违的感觉，如今又回到了生活中。对于爱茶的我来说，吃素的美妙还在于，让我越来越清晰地喝出了茶的层次，喝到了以前不曾喝出的味道。

吃素会让生活变得简单。以前吃饭最少也要做两三个菜下饭，现在可以简单到一碗面、几个素包子、一碗杂粮粥，省下的时间可以做更多喜欢的事情。

—
给自己煮一碗素米线

# 旧靴子和旧家具

　　我似乎是个念旧的人，喜欢东西循环使用。

　　这双短靴粘了又缝，缝了又粘，前两年又换了拉链。每年秋冬都会一直穿着，算起来它跟了我也近二十年了。

　　遇见它时，我刚到旅游卫视做主持人。当时的四百元，对我来说也算价格不菲了，只是一看就喜欢，喜欢它旧旧的不张扬的颜色和安静不彰显的样子。这些年来，这双靴子一直陪伴着我，走遍了大江南北。

　　去年去冈仁波齐转山，一路上从新疆到阿里，转山时才换成了登山鞋。

　　随后又去云南鸡足山，索性就一直穿着它。转山时，在大理街边小憩的间隙，一刹那，产生了一种错觉，觉得靴子和我的脚是一

伴随了近二十年的旧靴子

体的。

　　或许是因为穿的时间太久的缘故，感觉靴子一直在变，变得越来越合我的脚了。

　　平日里我喜欢穿宽大的袍子，配上这双靴子，再带上三十多年前在北京荣宝斋买的一副镶嵌玛瑙的银制的耳环，经常会有朋友说我是藏族女人。

　　或许，某一世，我真的是个藏族姑娘，手持经筒，穿着旧靴子虔诚地走在朝拜的路上……


　　岁月像位有心的设计师，轻柔地打磨着家具，给它柔和的光、斑驳的质感。所以，我一直对长时间使用过的旧家具而情有独钟。

一个家里如果都是清一色的新家具，难免会让人觉得轻飘，不够厚重。所以布置家的时候，我通常会使用一到两件旧家具，来调和环境。

　　旧家具可以是淘来的二手家具，也可以是自家长时间使用的家具。前些日子，在徐州，我把家里的旧沙发重新改造了一下，买来喜欢的格子呢，把旧沙发包得焕然一新。布置时，布料的选择，完全可以根据自己的喜好和当下的心境来定。

　　家里的茶桌是一张老的明式条案，桌面上的彩漆被剥蚀掉以后，露出了木头本来的颜色，又经过时间的浸染，所以显得沧桑。正因为如此，反倒衬托出了茶具的光鲜。坐在茶桌前，很容易让人静下来，和茶亲近。

　　就像茶一样，我想旧家具也是有生命、有能量的，它静静地待在那里，日复一日地恪守着自己的职责，滋养着主人的内心。

旧家具

中国神话中说人是由女娲抟土而造的，它提醒我们：为人不能脱离泥土的特性。

## 生活器

小时候，我家住在颍河边上。

夏天来的时候，姥姥会在家门前的杨树下，给我们铺一张竹席子。我们就在树荫下的席上玩耍。我经常背着姥姥一个人去河边，挖一些黄泥加水捏玩具。那时候，我还小，内心对自己一直有些许的不满。我常常会自责，别的孩子能用泥捏出好看的小动物，而我每次捏来捏去，总是喜欢捏一些锅碗瓢盆，并且反反复复。

现在，到了我这个年纪，学了些儿童教育后才体会到，捏泥真是一件好事情。因为和泥土接触是对生命最好的滋养，并且做出那样质朴的生活器物，是多么的难能可贵啊！

长大后，有了自己的家，我就越发对器物有了超乎寻常的喜欢。家里的碗、盘子、喝茶的杯子、插花的花器，被我像蚂蚁搬家一样，一点一滴地购置起来，我甚至还尝试着自己去做陶。每一件器物都承载了我的记忆。

慢慢地，我发现我喜欢朴拙的器物，柴烧、草木灰施釉、土陶，似乎这类器皿跟我更契合。学了传统文化之后，我才从理论上印证了自己的感觉。从风水上说，一个好的空间要木火土金水五行具足，人在其中才会自在。器物已经涵盖了五行，所以无形中会让人安心。

中国神话中说人是由女娲抟土而造的，它提醒我们：为人不能脱离泥土的特性。《道德经》中先说"人法地"，然后再说"地法天，天法道，道法自然"。人必须先要学习大地宽厚、承载、含纳、生养等特性，才可能上达。

每天，在家里、在办公室，行走在这些器物间，人和器物彼此会营造出一个能量场，这种能量场会使环境变成让人安心的地方。

生活器在生活中

所有的这一切的美好都不会永恒，不生不灭的唯有我心。

# 茶室

北京家里有一间专门的茶室，原本是想留给自己静心的地方。结果时间久了，发现家里人、来家的客人都爱聚在茶室喝茶。渐渐地，客厅的沙发反倒成了摆设。

茶室里的东西很多，除了茶，还有我经年累月积攒下的茶具、花器。因为摆放有序，东西多了倒也没有让人觉得凌乱。屋角有一盏落地月亮灯。夜晚，窗外月亮出来时，和室内的月亮灯交相辉映，有月亮入室的感觉。

经常来家的朋友大都养成了习惯，进门直奔茶室。一壶茶，老旧的托盘里放着大小不一的器皿，里面摆放着可口的点心、水果，大伙有一搭没一搭地聊天。隔壁水房里播放着老八张古琴曲，刹那间会让人错以为有人在里屋抚琴。

有时，孙楠兴起，抱起一把吉他，轻声地哼唱；在座的也会随他一起唱，大都是些老歌，老得让人一听就知道了年纪的歌。没有酒，一杯清茶，依旧让大家一起感受、重温着美好。

搬家徐州时，我想要过一种减法生活。所以走之前，送了不少茶具和朋友们结缘。

这几年，偶尔回北京的家，反倒觉得自己是个过客。唯有茶室依旧，空气里依然弥漫着茶香，还有那些不离不弃、不被岁月染着的器皿，都安静地待在那里，仿佛在等着它们的主人归来。然而，只有我清楚，我的心已经出离，所有的这一切的美好都不会永恒，不生不灭的唯有我心。

茶人，就是心里装着别人的人。

# 喝茶

遇见茶是我人生的一大幸事。单是看字面，"茶"是人在草木间。我想，茶应该是从天上来的，茶或许可以和更高的精神世界链接。

初遇茶，是我在河南跟紫极先生学中医时。那时爱宝刚断奶不久，我右侧的乳房一直有个硬块儿，隐隐作痛。有一天晚上，大家围坐在茶桌前，一直在喝一泡2000年左右的南糯山圆茶。因为是生普，转化时间十年左右，所以劲儿特别大。喝到最后，我不停地去洗手间，回家后突然觉得胸前一热，流出一些乳汁；之后，右侧变软，再也没有疼过了。后来才知道，因为普洱茶生长在海拔很高的地方，又是大叶乔木茶，树龄长，扎根深，吸天地日月之精华，所以能量很大，可以通到人身体很精微的地方。自此，我和茶结下了不解之缘。

茶一直陪伴着我，无论是在家还是在办公室、在旅游路上，茶都是我最忠实的伙伴。山间、溪水边、庭院里、草地上，生活中无处不茶席。

对于茶席，我有着自己的解读。就一个泡茶人而言，每一个茶席，都是茶人心中精心构造的山水画。焚香、置石、插花，把季节和山水，通过茶席带入室内空间，让人仿佛置身于山水之间，在平静中和茶相遇。茶人，就是心里装着别人的人；茶人会把插花最美的角度，杯子上最美的图案面朝喝茶的人。

西方人表达情感时，会大声说出"我爱你"；中国人表达情感则很含蓄。茶人会把所有的心意都装在了茶里，面对喝茶的人，泡茶者的心意是：只为你泡一杯茶，这杯茶的滋味，或许你会懂！

阳光下的茶台

# 玩具

爱宝从出生到三岁，所有好玩的玩具都是由妈妈亲手做的。一针一线做出来的玩具，承载着妈妈无限的爱意。

在家里，我给爱宝布置了一个玩具角，上面摆放的都是妈妈亲手做的玩具，有彩虹球、彩虹条、小鸡、小猫、小狗、小羊……大家快乐地生活在一起。还有一个毛线编织的小哥哥、小姐姐，他们样子可爱但是五官模糊。有朋友问我："为什么不把他们的五官做得清楚些？"我说："希望在孩子还小的时候，她的娃娃五官不那么具象，这样会给孩子留有足够的想象空间。孩子会根据自己的心情，赋予娃娃表情。当她开心的时候，她就会认为娃娃在跟着她一起笑；她难过时，娃娃也在跟着她一起不开心。"

给爱宝做玩具用的都是最自然的材料，如毛线、棉布、石子、木头。即便是娃娃的填充物也都是用最柔软的羊毛。虽说是在里面，孩子看不见，但相信彩虹那边的小天使一定能看见。

爱宝经常把这些玩具集中在一起，布置成她喜欢的场景，开始讲故事。小鸡和小狗是好朋友，他们快乐地住在森林里……我有时真觉得很庆幸，在孩子很小的时候，没有过多地打扰她，葆有了她的梦幻。

但是也正因为这样，让爱宝觉得妈妈特别强大。爱宝经常给我出难题，一会儿说："妈妈，你给我钩个小锅吧！"拿到锅后，她又真诚地说："妈妈，你再给我钩把泡茶的壶吧！"拿到壶后，又说："妈妈，你再给我钩套茶具吧。"我真是哭笑不得，真当妈妈是无所不能了！

给爱宝做玩具，虽然很好，但总是隐隐地觉得，似乎还可以让这件事情变得更美好。当有一天我站在华夏学宫的讲台上，开始教更多的孩子做玩具时，才找到了答案。为自己的孩子还是在为自己，当一个人开始为别人的孩子付出时，一切的事情才会真正变得美好。

走到今天，我才深刻地体会到，一个人要想获得真正的幸福快乐，唯一的途径就是付出。

给爱宝做的玩具

我喜欢手作的东西，虽然不完美甚至不那么平整，但却有一种打动人心的力量。

# 一针一线编织家

一个家之所以温暖，是因为承载了主人的心意。

我梦想中的家，所有的一切都是主人亲手打造的。孩子穿的毛衣、玩儿的玩具、沙发上的靠包、墙上的挂饰、爸爸的围巾帽子、洗手间用的纸巾袋儿……妈妈的爱，在这个家里无处不在。

我喜欢手作的东西，虽然不完美甚至不那么平整，但却有一种打动人心的力量。

我想，最美好的时光就是：爸爸弹琴，孩子们在一起玩耍，妈妈坐在一边织毛衣。傍晚的阳光不分青红皂白地从窗外挤进来，洒落在孩子们的身上。假如此刻身边有摄影师，一定可以拍摄到人世间非常温馨的画面。

孙楠经常喜欢躺在沙发上看球赛，坐的时间久了，我总担心他会受凉。一次，朋友送来了两斤新弹好的棉花，我用一块好看的布，给他缝了床被子。孙楠一直都很喜欢，喜欢棉花的轻柔，喜欢亲人一针一线的心意。

爱宝从小到现在也有一张小棉被，那是她刚生下来的时候，我用自己一条最软的围巾给她缝的。那条蓝色的小棉被，是爱宝的最爱，爱宝每晚睡觉都要抱着它。或许她觉得被子上有妈妈的温度，就连出门旅游，爱宝都要把被子带在身边。

前两年，我工作不那么忙时，一口气给家里的每个人都钩了条围巾。如心姐姐的最长，宝瑶姐姐的中长，爱宝的最短。把一家人的围巾堆在一起，一大摞，让人看上去有满满的幸福感！

记得小时候，我们一家人穿的衣服、床上的用品、桌上的桌布，都是妈妈一针一线做出来的。印象中，妈妈一直都在为整个家忙碌着，很少有闲下来的时候，这或许就是最好的儿童教育吧！身教和言传一样的重要。

有一天，我的孩子也会慢慢地长大，我想她也可以像妈妈一样去操持家，不断地涵养自己的坤德。

其实，每个女子心里都住着一个织女，当她一针一线去编织家的时候，也就是像织女一样，在编织着经线和纬线。

爱宝三岁时给她织的小毛衣和小手套

好的空间，会让人感觉安静、祥和，愿意长时间地待下去。

# 布置一个温馨浪漫的家

来过我家的朋友，都喜欢家里的温馨浪漫。经常有朋友要我介绍：如何才能把家布置得既经济，又美观呢？

我自己的体会有几点很重要：首先是要拿掉心中对物品太多的依恋，之后是装修上要简单，最后是摆放家具时要有节奏。

物品太多的家，像拥堵的内心一样，不美观。要想保持家里的整洁有序，首先要知道欲望下的购物带来的后果。知道后才能止住念头，止住念头后才能安心。要用断舍离的心来打理家。

在装修上面，尽量做到简单、不繁杂，这样会给之后的陈设留下空间。我通常把装修叫作打底，干净的木地板可以给人以温暖，白色的墙壁可以更好地衬托家具的木色。

摆放家具时，要有节奏感。一个空间里，如果有个高的家具，那就要有个矮的家具与之呼应；如果有个方的家具，最好再呼应个圆的家具。高低、方圆、大小节奏的变化，会让空间拥有放松且生动的感觉。

还有一件重要的事情，就是每个房间要有足够的容纳空间，如衣柜、龛、储物间等，尽量让空间不要拥挤。

我常说：灯是房间的眼睛，对房间布局起到画龙点睛的作用。在家里，宣纸灯、竹制灯、贝壳灯——这些自然材料的灯都是我的最爱。

有阳光的房间是最美好的房间。如果没有，我们也要尽量设置明亮温暖的暖色射灯，让它配合吊灯使房间里明亮光洁。

要有些好看的生活器皿，如花器、茶具、餐具，这些器皿五行具足，放在家里可以让人安心。

窗帘和床品，我通常喜欢单色的棉麻制品，它们的柔软质感会让整个房间变得温暖。

要懂得时刻感受生活的美好，一盆绿植、一束小花、一根刚发芽的树枝，都可以让空间变得浪漫而有情调。虽然我们没有住在山间小溪边，但是我们可以通过插花、置石，把自然的气息引入房间。总之，在我眼里，插花是一个家里必不可少的事情。我喜欢自然的、田间地头带着野趣的花草，看起来自在，有着无尽的生命力。其实生活中不缺少美好，只是我们要有发现美的眼睛和使用美的心意。

好的空间，会让人感觉安静、祥和，愿意长时间地待下去，这样的空间就是好风水。当然，房间里还要有音乐，和妈妈做饭的味道。

大家经常说"心造万缘"，环境即是人心所造。所以，内外还需一起打扫。

捡来的树枝、贝壳以及手作的玩具，
让孩子的房间有了不一样的温度。

# 养生

或许是因为年龄增长的缘故，我逐渐开始关注自己和家人的身体健康。

首先是不熬夜，饮食习惯也开始改变，不吃生冷、不喝饮料。隐隐觉得这样做似乎还不够，好像记得有谁说过："为人子女不学点中医叫不孝，为人父母不学点中医叫不慈。"

和孙楠结婚后，我就参加了厚朴中医学堂二期班，师从徐文兵老师学习中医。通过近两年的学习，我对遵循四时饮食起居，如何养生，有了一些了解和认知。每次下课后，我都会和父亲通个长长的电话，把一天的学习内容和他分享。比如：中午要午休，这段时间是心经当令，休息是养心。晚上11点到1点是胆经的循行时间，不要吃宵夜，要好好睡觉。

学习的过程中由于怀孕生孩子，就从厚朴休学了。爱宝快一岁时，我对中医依然保有热情，抱着孩子拖家带口去到河南，跟紫极先生学习《伤寒杂病论》和《金匮要略》。去河南时，爱宝还不会走路。几个月的集中学习后，爱宝回到北京时已经可以满地跑了。

每天从早到晚的集中学习，让我建立了中医的世界观。因为了解了内景生化图，所以对人体的运化功能有了大体的认识。

我理解的中医养生就是好好吃饭，好好睡觉，适当运动。

人呼吸天之大气，食五谷之精微，养人后天的五脏之精。五脏之精是人后天续命之本，就像个能量仓库，人生孩子、哺乳，以及全身的能量都从这里输出。如何能让五脏藏有更多的"精"呢？除了道家的修炼之外，《内经》里讲"五谷为养"，应多食植物的种子（因为那是植物繁衍后代的精华），所以小麦、大米，各种种子都是人类非常好的食物。

中医说肝藏魂，肝是用来造血的。人只有休息时，肝血才会回来，也就是说魂才能回来，长期睡眠不足的人感觉就像掉了魂似的。一个人睡眠好说明心肾相交很好，心肾很健康。此外，一个人吃饭香说明脾胃好；大小便正常说明肝肺很好；身体有力气说明脾很好。

中国文化还讲："五脏"肝、心、脾、肺、肾，对应"五德"仁、礼、信、义、智。涵养五德就是滋养五脏，这是比吃饭、睡觉更高级别的养生。我曾耳闻目睹过一些人，虽历经苦难岁月，却依然活得长寿，其原因就是在于德厚。

《论语》说："仁者寿。"仔细想想长寿之人的特征：仁爱、不计较、遇事从容、豁达开朗、淡泊宁静、处处为别人着想，时时刻刻透露出一份从容，有孩子般纯真的笑容。我想，每个人对照这些，再反观自己时，就知道该如何养生了。

归根到底，真正的养生应该还是养心。《金刚经》讲"善护念"，每时每刻都要护持住自己的念头，要让自己的每个起心动念都是向善的，都是为别人着想的，这样会让更多的善能量包围着自己。不要把过多的精力关注在个人的健康上，而是心里要多装着别人，关心周围人的健康，这样自己的身体才能健康。

北京家一直陪伴我的书桌

# 享受慢慢变老

我经常幻想着自己老了的样子。

到老时，我希望自己：虽然是满头白发、满脸皱纹，一双手因常年从事家务劳动，致使骨节微微粗大，但是掌心是温暖柔软的。面对孩子们的时候，我希望自己的眼神可以融化一切。在孩子们的眼中，我是一个慈祥、可爱、会做饭、会唱歌的老奶奶。

我今年四十九岁了，去年父亲走后，我发现自己头上突然之间长出了一缕白发，妹妹也和我在同样的位置长出了一缕白发，我们都认为这缕白发是为了纪念父亲而生的。

年轻的时候，我把大把的时间放在了对自己外在的关注上，美容、护肤、去健身房，这都是生活的常态；甚至，自己还有一种强烈的不美不能活的心念。生活中，即便看起来只是一条牛仔裤、一件白衬衣，那也是千挑万选的结果。出门时清爽飘逸的发型、整洁的衣衫，这些看似不经意的搭配，往往也都是经过精心设计的。

其实，一个人的精力有限，当她把过多的时间投入对外在的关注时，对心灵的呵护就会减少。一个人对外在过度的关注，大都是因为内在不够自信，所以希望用外在的东西去获取别人的关注。

古人云：相由心生。随着年龄的增长，我越来越体会到这句话真实不虚。一个内心有爱、充满阳光的人，她无论走到哪里都会带着一股正能量，那是一种可以改变环境、让人快乐的能量。她的样貌也会随心而转，变得越来越祥和，让人看了越来越顺眼。

随着年龄的增长，我喜欢穿棉软舒适的衣服。孩子们在我怀里依偎时，可以同时感受妈妈的体温和棉布的柔软。我喜欢穿含蓄不外露的中装，让孩子们看到妈妈的尊严。孩子们都知道妈妈衣服上的五个盘扣代表着五德，竖起的立领，代表着生命上达的心意。

一年有春夏秋冬，人有生老病死，这是自然法则。我们能做到的就是顺应自然，接受自己和自己一切的不完美。每个年龄段有每个年龄段不同的美，儿时的纯真、年轻时的活力、中年的沉静、老年的慈祥，这一切都是生命给予我们的最好礼物。

我享受着自己一天天变老，甚至比以前更欢喜。我的内心虽不能做到如如不动，但是有了以往不曾有的淡定和从容。

衰老是外在，充满了力量的是自心。当一切都愿意顺应接纳时，我们的人生就像大河里的一叶扁舟，任随生命洪流的推荡、欢快、曲折、跌宕，一路顺势，在不作为中完成前行。

人生如是

# 搬家徐州

在北京，我们有一个温暖的家，房间里的每个角落，都被我精心布置过。每到春天，小院儿里长满了花草，每次朋友来家做客、聚会，都会赞叹："多么浪漫温馨的家啊！"

三年前，我们做了一件事情，让周围大多数朋友都感到惊愕——举家从繁华的首都搬到了江苏徐州，一家人租住在一个很小的地方。孩子们也从以前的单人间，变成了四个人住在有两个上下铺的小房间里。

记得刚搬家后不久，一位大姐从外地驱车来看我们。一起午餐离开后，大姐真诚地给我发来信息，语重心长地说："小妹，你们家如果真是经济上遇到了困难，可以和我说说，我一定会帮助你们的。"还有朋友得知我们搬家徐州的消息后，私下里说："孙楠是疯了吗？"前些日子，北京的两个朋友来看我们，走到楼道里俩人就犯嘀咕了："孙楠的家也太寒酸了吧！"

是什么原因让我们做出这样的决定呢？这还要从我们的家庭说起。

我和先生结婚时彼此之前都有过家庭，再婚后又育有一女爱宝，加上我之前的孩子和我先生之前的孩子，我们家共有四个孩子。除了日常的饮食起居，教育孩子就成了摆在我们面前的人生大事。二女儿宝瑶经历过国际学校、体制内学校，随着年龄的增长开始变得厌学、沉迷网络游戏。儿子如恒喜欢抱怨，遇事不愿承担。小女儿当时还小，但是前途也让我们担忧。

我们常常感到惶恐：孩子们这么信任我们，选择我们做他们的父母，我们如何才能不辜负他们的信任，让他们能健康地成长，做个对社会有用的人呢？

记得我曾这样对孙楠说："我们现在还可以一起快乐地玩儿十年吧！一块儿打球、滑雪、旅游。可是你想过没有，就我们孩子目前的状态，他们将来会成为什么样的人呢？他们是否知道心里要装着别人？是否知道感恩和孝道？是否会做个对社会有用的人呢？这样下去，我们将来能含笑九泉吗？"

相视良久，我们同时说："搬家吧！"于是我立刻到徐州租房子，很快从北京搬家，来到了徐州华夏学宫——一所创办了二十多年的传统文化学校。孩子们在这里开始了传统文化的学习，也开始了生命的成长。

徐州家客厅里的沙发和茶桌

# 孩子的教育

孩子们就读的学校，讲的是四养教育。

何谓四养教育？就是遵循孩子生长的规律而建立的教育：幼儿养性、童蒙养正、少年养志、成年养德。

我家爱宝和如恒一个六岁、一个十岁，基本上都处在童蒙养正的阶段。何为"正"？从字面解读，止于一叫正。道生一，一生二，二生三，三生万物。中国传统文化讲的道又是什么呢？我们姑且这么理解，道就是规律秩序，在孩子这个阶段要帮助他们建立规则，让他们知道什么是好的。其实就是要给孩子营造一个大的环境，比如，孩子看见的老师，举止得体、内心充满爱、都有一颗无我利他的心；周围的人都彬彬有礼、谦恭礼让。在孩子这个阶段并不需要告诉他，什么是不好的，只要把好的给到他就行了。就像《道德经》里讲的："天下皆知美之为美，斯恶已。"当孩子在这个阶段感受到了美好后，将来长大，他就会知道与之违逆的东西就是不好的了。

爱宝幼儿园就是在这里上的，她从小就接触了大量的经典，大人能清晰地感觉到这些经典在她生命中的润化。上完洗手间回来，爱宝常会主动跟我说："便溺回，辄净手。"有一天，她奔跑时碰到了桌角，自己随即又小声念叨："宽转弯，勿触棱。"爱宝最近在学校经常唱一首歌："道人善即是善，扬人恶即是恶。口吐莲花是美德。"有时候她和哥哥发生争执时，她就会主动告诫自己和哥哥："道人善即是善！"

哥哥和爱宝最爱听我讲一个故事：从前有个人夜宿客栈，店主说没有房间了，只有一间闹鬼的房间没人敢住。客人说：没关系。随即入住，一夜安好。为什么安好呢？鬼说：这客人修口德，鬼神都敬畏他。原来客人是一个走村串户的算命先生，他遇到一个老奶奶就会说："您命真好，只要您疼儿媳、关心周围的人，命会越来越好。"遇到儿媳，就会说："你命真好，只要孝顺公婆、照顾好孩子、关心周围的人，命更好。"孩子们听了这个故事，都知道了修口德的重要性，所以平日里说话都小心了许多。

二女儿宝瑶快满十八岁了，到了成年养德的时候。中国文化说："在天为道，在地为德，在人为常。""常"就是仁、义、礼、智、信。道无形无相，看不见摸不着，可是道向下滑落时，是以德示现的。大地的德行是厚德载物、含藏润化，对好的坏的不起分别，生养万物，而没有一个要彰显的我。中国人讲天人合一，就是要涵养自己的五德来合回道，完成天人合一；道家叫返本归源，佛家叫还灭。

宝瑶来徐州三年了，我们亲眼看着她在改变。除了有对传统文化的了解和认识外，生活上她越来越关心弟弟妹妹了；她尊重我、爱爸爸，愿意主动分担家里的工作；更可贵的是，她心里越来越知道装着别人了。一起出远门时，周围的朋友都真诚地夸宝瑶懂事儿。看到她在用"五德"来要求自己，我们都感到特别欣慰。

我们知道，举家从北京搬到徐州是正确的决定。等到有一天孩子长大了，我们老了的时候，我们可以无愧地对孩子们说：亲爱的孩子们，我们作为父母，在你们的教育上尽全力了！

认真写字的如恒

一部好的电视剧可以有激荡人心的力量，起到教化民众的作用。

# 看电视剧

我怀上爱宝后，就辞去了旅游卫视的工作。不仅如此，也渐渐地不再看电视了。

我认为儿童教育就是自我教育，家长是原件，孩子是复印件，所有孩子身上出现的问题大都和家长息息相关，所以我希望爱宝眼中的妈妈是勤劳的。除了工作，闲暇时间我就做家务、泡茶、看书、照顾父母，而不是没事儿就跷着二郎腿吃瓜子、看电视，我觉得那样对孩子的教育不利。

长时间不看电视，渐渐地，我连电视遥控器都不会用了。所以搬家徐州后，客厅里也没有电视机。全家只有一个小小的电视机，是爸爸看足球用的。然而因为一个机缘，我去年认真地看了两部电视剧：一部是柳云龙导演主演的《风筝》，另一部是吴秀波主演的《大军师

138

司马懿之军师联盟》，这两部电视剧对我触动很大。

《风筝》里的郑耀先，是共产党打入国民党军统高层的卧底。他一路走来，为了自己的信仰，妻离子散、家破人亡。国民党的中统和军统都想除掉他，共产党的游击队也要暗杀他。不被所有人理解，可以说，人世间所有的苦难都给了他。然而在他身上，我看见了人性的最高贵的品格，那就是——忍辱负重、不忘初心。我认为一个人只有在无我时才能有这样的精神境界。当郑耀先离世前在五星红旗下，对着为之奋斗一生的事业敬礼时，我忍不住失声痛哭了。那些为了信念付出了全部的英烈们，我要向他们致以最深切的敬意！

《司马懿》是我第一次看吴秀波先生演戏，因为他，我突然明白了什么叫艺术家。随着情节的深入，我时常有一种错觉：吴秀波就是司马懿。透过吴秀波，我甚至能体会到司马懿呕心沥血、肝肠寸断的内心。最让我难忘的一场戏，是当诸葛亮认定司马懿必被火烧死时，司马懿做出了舍自己救儿子的举动，而两个儿子又同时愿意舍弃自己救父亲。中国人的慈爱和孝道在这里被淋漓尽致地表现了出来，上苍为之动容，于是天降大雨，助司马懿脱险。当时，诸葛亮也感受到了天意难违，唯有无奈！

一部好的电视剧可以有激荡人心的力量，起到教化民众的作用。我最近常想，自己是要一个平庸的人生，还是要把人生这场戏演得更加精彩呢？

答案在我心里。

因为孩子的声音纯净、无欲无求，所以就会打动人。

# 爱宝读经典

　　爱宝出生后，我们笑称她是按教科书长大的。

　　三翻六坐九爬，一岁会走路，说话早且清晰。两岁时，妈妈出门有事情，她和爸爸去海边玩儿。在回家的路上，她跟爸爸认真地说："爸爸，我'估计'妈妈该回家了。"三岁时，看见爸爸腿上有几颗黑痣，她笑着指着痣说："爸爸，这是'草间弥生'的点点点。"

　　一次偶然的机会，三岁多的爱宝和爸爸一起合唱了李叔同先生的《送别》。哥哥听了后，不停地问爸爸："为什么妹妹唱得这么好听，让我觉得想流泪呢？"爸爸轻抚着哥哥的脸说："因为孩子的声音纯净、无欲无求，所以就会打动人。"当时我突然联想到：这么纯净的声音可以让她来诵读经典，广为传播，让更多的人受益。然而当时爱宝只会背诵《孝经》的第一章，她已经快四岁了，等她把经典都能背下来，恐怕就错过了录音的最好年龄了。

一次和易菁老师喝茶聊天，她听到了爱宝的声音后，就鼓励我抓紧时间给爱宝录音，我着急地说："大多不会背啊！"易老师说："不需背，诵经就是诵读，让她跟着你读，再把你的声音去掉就好了。"我当时豁然开朗，马上进行录音。爱宝当时太小，坐在沙发上只能露出一个毛茸茸、梳着小啾啾的脑袋。

爱宝四岁到五岁这一年的时间里，共录制了《弟子规》《三字经》《千字文》《百家姓》《孝经》《笠翁对韵》《心经》《金刚经》《药师经》《阿弥陀经》《六祖坛经》等多部经典，其中的不容易只有我自己知道。毕竟爱宝才四岁，长时间坐在录音棚里对她来说太有挑战性了，经常录着录着，她就嘟着小嘴，趴在沙发上说："妈妈，我太累了呀！我能出去玩一会儿吗？"可是对于我来说，好不容易约来了专业录音师，总想多录点。也有时，录音师约来了，爱宝咳嗽嗓子哑了；或者爱宝好了，录音师没时间，总之曲曲折折。《千字文》录成剪辑时，发现背景音太大，只好重新录。等录到《六祖坛经》时，爱宝已经快五岁了，三岁时咽口水、犯嗲的状况越来越少，声音多了份淡定，也更趋于完美了。至此，我想，关于爱宝的诵读也可以告一段落了。

之后陆续将爱宝的诵读做成CD，听到的人都非常喜欢。因为传播途径有限，能听到的人还是不多。一次，李亚鹏先生来徐州听到后，有心推广。在他和周晓晗女士的帮助下，让《爱宝读经典》得以在喜马拉雅上发行播出。这样一来，就让更多的孩子都能听到，都能受益了。

　　还有一件值得一提的事情，《跟着四岁萌娃一起诵经》的封面是大姐姐如心画的，画的是爱宝从豌豆荚里出生；豌豆代表生发，代表生命的能量。之后在喜马拉雅发行时用的爱宝的头像也是姐姐画的，穿着淡蓝色中装的小爱宝，手执一枝梅花，在轻轻地诵读。爱妹妹的姐姐画出了可爱的妹妹。

　　经典上传后，很多人因此而亲近经典，走进传统文化。庆幸的是，爱宝读完后，似乎已忘记了她曾做过这件事情，每天依旧快乐地玩耍。但是经典的痕迹已然烙在了她的生命里，在慢慢地沁染润化。

———
大姐姐如心画的封面

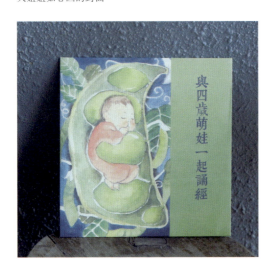

《起世经》上说："人是从光音天上下来的。"所以爱音乐是每个人的天性。

## 唱歌

虽然不是歌手，但是唱歌却是我生命中很重要的一部分。

记得小时候，遇到不开心的事情就唱歌，经常边洗碗边唱，唱着唱着烦恼就随着歌声流淌走了，全然就只剩唱歌了。

上中学时，我家住在大马路旁边，路边的喇叭里经常播放各种歌曲和戏曲：流行歌曲、民歌、河南梆子、东北二人转……我当时就觉得自己的脑子像个储藏室，听到什么就装进去什么。以至于和孙楠结婚后，他都惊讶我怎么可以唱那么多天南地北的歌，他最后笑称我是"中华曲库"。

前些日子，听到一位老师讲音乐，说音乐可以开发自己的内五行，让我恍然大悟。"五音"角、徵、宫、商、羽对应"五脏"肝、心、脾、肺、肾，还对应"五德"仁、礼、信、义、智。

《起世经》上说："人是从光音天上下来的。"所以爱音乐是每个人的天性。

我自己的体会：一个爱唱歌的孩子，不会太孤单。一个爱唱歌的孩子在遇到人生困境时，因为有歌声，所以很容易找到疏解的渠道。

中国人讲礼乐教化，过去的经典诵读都是唱出来的。

我想一个幼儿园老师，和孩子交流时，如果可以随时唱出来，让孩子在歌声中被滋养，那是一件多么美好的事情啊！一个妈妈，如果不把孩子交给录音机，而是用自己的声音讲故事给孩子听，唱歌给孩子听，即便跑调了，那也是一件多么美好的事情啊！

唱歌不受年龄的限制，可以一直唱到老得走不动了，依然可以用歌声去温暖人心。想到这里，我就觉得美好，所以我会一直一直唱下去的。

———
尽情歌唱的孩子

這是我陪伴孩子睡眠和早起的歌。

# 用爱唱响"学堂乐歌"

有一次，和易菁老师聊天，她感慨地说："现在的学生缺少学堂乐歌！"当时，孙楠和我就表示愿意在这方面努力。随后，学校里的中慈老师便发给了我们十首曲目，全是民国时期的。

在外人看来，制作这张专辑可能很容易。但实际上，制作的过程耗费了很多的心力，前后跨度将近一年。

唱歌呢，当时我们希望邀请毛阿敏、那英、韩红、谭维维还有谭晶。我们找到每一个人的时候，大家的态度都很真诚——"好事啊！我愿意为孩子做这件事。"唱《清凉》的王艺洁说："嫂子，你能找我来唱，是我的荣幸。"这些朋友的心意，让我很受感动。

专辑里共有十首歌，每一首歌都需要重新编曲，原来的不能用。孙楠、张江、禾川等人在一起交流碰撞，反反复复地在沟通，不断地

150

磨合，一首一首地来过。

当时爱宝唱《送别》的时候，还不到四岁。录制的那天，爱宝坐在爸爸的怀里，还赖叽叽的。爱宝唱完后，孙楠忽然变了，他的高音没有了，声音很柔软，像摇篮一样，轻轻地呵护着他女儿。后来斐老师听这首歌时，眼眶都湿了，她说："有一天，当我们不在的时候，孩子们听到这首歌后，就能感受到父亲对她的这种绵长的爱。"

这张唱片是前年发行的，两年来，有很多人给我们回馈听专辑的感受。前些日子还有个朋友说："哎呀！这是我陪伴孩子睡眠和早起的歌。"

我那天在易斐老师的书法教室里听《梦》，这是李叔同先生母亲去世后，他给母亲写的歌。平时听，觉得歌词不太清晰，当看见歌词的时候，随即就泪奔了。父母对孩子的那份爱，你不到这个年龄，就碰触不到那么深。现在才知道，原来父母亲对我们的爱是那么的绵柔深切。

我刚开始去女红教室上课的时候，就一直给孩子们播放这张专辑，不厌其烦。然后就带着孩子们一起唱。孩子们做手工时，我还会用这张专辑做背景音乐，从第一首《送别》，到《月》，再到《采莲》，一直到《三宝歌》。

这张专辑的封面，是大女儿如心画的。画上的孙楠很虔诚，他的身体是宇宙星空。其实我觉得她画的是孙楠将来的样子，孙楠接受了传统文化之后，不断地涤荡自己的心灵，心胸也越来越开阔，慢慢地去合乎这种状态。

去年，第21届全球华语榜中榜在澳门落幕，《学堂乐歌》获得了"传媒推荐大奖"。

——
大女儿如心画的封面

——

和孩子们在一起的孙老师

# 将来，她们会为人妻、为人母

在华夏学宫，我教授女红课。

通常在女红教室里，我会布置一个场景，东西都是孩子们自己做的小鸡啊、小娃娃啊。冬天的时候我还会撒点棉花，放一点松枝，放点果实，把季节带到教室里。天热的时候，有时会做一点好喝的花茶，希望孩子进入教室，能闻到茶的香味。

摆茶点呢，我每次都有意识地去引导她们。比如说：摆非常老旧的托盘，还有一些陶艺家的作品。在作品上，我还会很随性地插点花。我希望孩子们能从中发现美、感受美。我想，慢慢地，有一天，她们会在自己家里给爸妈摆点心时弄一点小枝条、小花、小草摆上去。

上课的时候，我会尽量温柔地说话。我平时说话语速比较快，但是跟孩子们在一起的时候，我会尽量放慢些。开始上课的时候，我们还会放些音乐。我们最近老唱《妈妈的吻》，我带着孩子一起唱。教室里阳光很好，大家坐在那里有很温暖的感觉。

我给孩子们拿剪刀的时候，总是剪刀柄对着她们。这是有意识地在告诉她们，心里要装着别人，而且装着别人是要表现在每一个细节上。

上课的时候，有的孩子擦鼻涕，我就说："你擦完的纸巾怎么办呢？如果没有垃圾箱，就先装到自己的口袋里，去洗手间的时候再丢掉。"还有，冬天有的孩子把外套脱了，我会提醒她，把衣服叠整齐。

放假的时候，我一般不会布置一个很明确的作业。根据我们学的针法，你自己想做什么，就看你的创造。比如自己没有笔袋了，可不可以给自己织一个笔袋。或者说觉得冬天妈妈脖子很空，可不可以给她织条围巾呢？

一旦你真的想给孩子东西的时候，你会发现好像有能量在加持你，给你很多想法，感觉自己有教不完的东西。我最近又在想：我小时候玩过很多玩具，现在可以教她们自己亲手去做。自己做的跟买的东西完全不同，里面有自己一针一线的心意，她们一定会很珍惜的。

跟我先生谈恋爱的时候，我给他织了一套围巾帽子，他当时既惊喜又感动。从生下爱宝到来到华夏学宫之前，我都没给她买过玩具，她所有玩具都是我做的。买来的东西，太物质了。我想告诉孩子，生活当由我们来创造，而非由我们来消费。

我的学生们终究有一天，会为人妻为人母。到那时，我想，她可以给自己的先生织一件毛衣，可以给自己的孩子做一个玩具。这是我想通过女红课达到的。

——

温暖的陪伴

# 不满足是痛苦的根源

随着年龄的增长，我对生命的认知，在不断地转变，生活也变得越来越简单了。

小时候，会因为一个彩色铅笔盒而牵肠挂肚；长大后，又会为了一件衣服而日思夜想。这一路走过来，不知不觉中，自己都在被物欲勾牵着。而当自己一切都拥有时，才发现物质不能带来真正的快乐。

当人不满足时，总会觉得堆满衣服的衣橱里缺少一件衣服，摆满茶器的柜子里缺少一套茶具。

当人不满足时，还会表现在不断地学习上，上各种各样的课程，参加无数培训班，学习茶道、插花、书法、中医……把时间安排得满满的，一刻也不让自己停下来。这样的学习，无非是想通过努力去证明自己。其实，当这颗心不断奔腾出去的时候，人已经离道渐行渐远了。

中国传统文化讲：天道左旋，地道右旋。当人开始左旋的时候是合回道的，而右旋时则是在不断地分化下滑，离道越来越远。

人如何才能左旋呢？答案是：一定要回心向内。宇宙模拟自己创造了人，人是宇宙的缩小版，一个人要想了解宇宙，唯有回心向内，在自心中寻找。外在的物质永远不会让人满足，只会让人在不知不觉中变成它们的奴隶。

搬家徐州前，我清理了书本、衣物、茶具。在清理的过程中，我羞愧不已，我看见了那个曾经贪婪的我，因为欲望我买了那么多无用的东西。清理物品的过程也是清理我内心的过程。当把大量的东西送出去后，我的内心感到无比的轻松和满足。

现在住在徐州租来的房子里，卧室里的衣橱小小的，茶桌上的茶器也不多，鞋柜里的鞋子仅有几双，这一切让我感到轻松。我知道，我减掉的不仅仅是物品，更是内心的欲望和对自我的不满足。

当一个人内心充盈和满足时，他一定是找到了安放生命的地方，明白了此生的意义，这样的一生才不枉来人世一遭。当一个人的内心祥和、宁静、容易被满足时，他才会有更多的能量去爱别人。

年轻时，想做一个彰显自己的人。如今到了这个年纪，则想做一个温暖别人的人。爱别人，才是最大的满足！

针者用为苍生救苦之诚心，可接通天地间的能量。

# 遇见黄帝内针

初春，收到梁冬先生的微信，说遇到了一件特别神奇的事情，就是刘力红老师最近在各处讲学中反复提到的黄帝内针。传承者杨真海老师的徒弟给梁先生扎了针，效如桴鼓，于是梁先生想召集些好友，请杨老师教大家。

我当时有些犹豫，因为刚开学，工作繁忙，再者作为"中医粉"的我，近些年来对养生的体会是——养生的最高境界应该是养心，一个人不要把过多的精力集中在自己的身体上，应该更多地去关注周边人的身体健康。但是转念又想，学校里有这么多的老师和孩子，如果真的那么神奇，或许会对大家有些帮助。再加上最近看过梁冬先生的采访《生命》，很想邀请梁先生来学校和大家分享。

于是我回到北京，来到喜舍，六天的课程下来，让我惊喜得措手不及。第一天上课时，大家首先一起祭拜黄帝、孔子、张仲景，接着齐诵孙思邈真人的《大医精诚》。这是我第一次读，逐字逐句地跟下来，我的眼眶湿润了，我被先人的德行和无我的精神感动。文章说："凡大医治病，必当安神定志，无欲无求，先发大慈恻隐之心，誓愿普救含灵之苦。若有疾厄来求救者，不得问其贵贱贫富，长幼妍蚩，怨亲善友，华夷愚智，普同一等，皆如至亲之想。亦不得瞻前顾后，自虑吉凶，护惜身命。见彼苦恼，若己有之，深心凄怆。勿避险巇、昼夜、寒暑、饥渴、疲劳，一心赴救，无作功夫形迹之心。如此可为苍生大医。"

随着对内针的深入了解，方知内针易学不易守。主要讲的还是心性，内针没有所谓的制高点，全然看施针者有没有一颗无我利他之心。古人云：至诚之道可以通天。针者用为苍生救苦之诚心，可接通天地间的能量。不求名利、不图回报，不断地为他人解忧，自然会感召到上天的加被。

回到徐州后，得知学校里的老外婆面瘫，我用内针施之。五天后，老外婆全然康复，这让第一次用内针的我增强了信心。前些日子，老外婆托人给我送来了专业的针灸包，看来我还真要成为"赤脚医生"了！

感恩一路上与老师们的遇见，让我的人生变得丰富多彩。

# 老师

在我一路求学的过程中，有幸遇到了许多优秀的老师。

教我茶道的李曙韵老师和老古先生；教我中医的徐文兵老师和紫极先生；教我书法的可一法师和易斐先生；教我画画的小熊老师和美丽的郭老师，还有其他很多老师。因为篇幅有限，就不一一说出来了。感恩一路上与老师们的遇见，让我的人生变得丰富多彩。

在众多的老师中，易菁先生彻底改变了我的人生。多年前，在曙韵老师那里学茶，曙韵老师就一直推荐我看易先生的书。有一年在景德镇举办浮梁茶会，我因听说易先生也去参加，所以专程赶过去，但结果未能如愿。

第一次见易先生，是三年前在华夏学宫的课堂上，听她讲《大学》。在易先生言语的推动下，我感到后背一阵阵发麻，有种被传统文化碰触到的喜悦。

下课后，有同学约我去先生那里喝茶。我有些犹豫，一直推脱，有种想见又不敢见的纠结。被连拖带拽到先生的茶室坐下后，我抬头第一次认真地看易先生：一袭白衣，目光柔和。不知道为什么，我突然间想哭，自知不妥就一直忍着。过程中，易先生说了什么，我也记不大清楚了，只记得忍住不要哭。离开前，突然记起曙韵老师一直跟我说："易先生最适合做你的老师了，你应该请她做你的老师。"念头起来后，我很想说出来，可是不知为什么，只觉得嗓子发酸，哽咽地说不出话来，感觉一句话要说到天荒地老才能说完。当先生告诉我说："当然可以了！"我一下子就失声痛哭了，哭到脸部抽搐发酸。后来想想，一直觉得不是我哭的，但又好像是我在哭。老师温柔地抱着我说："兜兜转转，终于又回来了，回来就好。"

在我四十六岁的时候，终于得以遇见先生，从而开启了不一样的人生。

随着对传统文化学习的深入，慢慢地，我看清楚了自己。当开始面对自己时，就意味着愿意承担自己以前所做的一切，也愿意为自己的将来负起责任。

这一路走来，感恩老师的陪伴。老师依着我成长的需求，有时充当母亲的角色，有时充当师长的角色，有时又充当朋友的角色；一路上不停地转换角色，为的都是让我更加清楚地看见自己。包括这本书之所以能够完成，也跟老师有着很大的关系，是她让我知道了"文以载道"——文章虽小，背后却可以承载无限的心意。

有段时间我时常会哭，哭自己在四十多岁时才建立好"三观"，才找到生命的意义和人生的方向。哭是冲刷和洗礼。还好，总算遇见了老师，相信这一生一世的师生情谊，定会在无量劫里受用无尽。

───
用心爱的布头给老师缝了一个书签

其心無所著

最爱写弘一体

# 打磨自己

前些日子，和孙楠一起喝茶聊天。

我说："你看我们一起经历过了许多事情，物质也算富足。似乎很多事情都变得越来越没有意思了。这些年，最让我觉得有意思的事情，就是跟自己玩儿，如琢如磨地打磨自己，用尽一生的时间来塑造自己。"孙楠感叹地说："打磨自己谈何容易，尤其是当一个人独处时，念头更容易散乱。《大学》里讲'君子慎独'，我到现在对此才有了一点点的认识。"

孙楠身为歌手，可在我印象中，从未见他练过声、吊过嗓子，或许这是上天给他的吃饭的本钱吧。当一个人为表现自我而唱时，充其量也就是个会唱歌的人；然而只要他心念一转，心里装着他人，要为温暖他人而唱时，这歌声里就有了不一样的能量。同样是唱歌，这几年，我在孙楠的歌声里体会到了很大的变化。

一天晚上，我在茶室泡茶，孙楠抱把吉他，一个人在客厅里唱歌，记得他唱的是赵传的《我是一只小小鸟》。声音虽小，可慢慢地，我被他的歌声吸引了，歌声里似乎有一种魔力让我驻足聆听，我突然间想流泪。因为我在他的歌声里感受到了无我，感受到了一种强大的抚慰人心的力量。声音、技巧，一切都没有变，改变的是孙楠的心意。

我个人觉得，一个人此生最重要的事情就是——涵养自己的仁爱之心。

这些年，孙楠把更多的时间和精力投入慈善事业上，为肢残孩子募集资金，让这些孩子能站起来，走进课堂。孙楠常跟我说："到了这个年纪，终于明白了古人的一些话。东方属木，在'五德'上对应的是'仁'；西方属金，在'五德'上对应'义'。西方的金多了，就会克木，东方的仁爱就会变少。古人说'为富不仁'，原因大概就是这个吧。要想保有一颗仁爱之心，就要多行善事，多做布施。"

孙楠最近又常说："我们不能只为自己而活，也要为这个社会做些什么。"名者命也，上天给了你名声，你就要奉其名、行其命，多为社会做些贡献，否则上天会灭名、夺命的。

每个人心中都有最美的画面。我心中的图画是：孙楠穿着中式长袍，抱着吉他。学生们则围坐在他身边，和孙老师一起唱歌，一起体会歌声中温暖人心的力量！

刹那间，这茶、这雨声、这草堂寺无二无别。

# 夜宿草堂寺

几年前，因为看了《空谷幽兰》这本书，我们一行十几人开启了终南山行修之旅。

第一天来到终南山，住在《问道》杂志主编张剑峰先生的终南草堂。终南草堂依山而建，有一个不小的院子和两三间带廊檐的茅草屋。我们集体住在一个大通铺上，被子硬得不能折叠。山里的夜晚，房间静得似乎能听见门窗的呼吸声。

晨起后，来到山泉边洗漱，山里的空气带着大山特有的清冽，感觉整个身体从内到外都被清洗了一遍。

中午小憩时，一位道长用陶壶盛着从山泉里汲来的水，并以阴干的松针生火，煮了一壶武夷山岩茶。因为对这泡茶全然没有设想，所以我喝到了此生最难忘的一杯茶。那一刻我知道，这杯茶不可复制，

终南山、山泉水、松针、道长、武夷山的茶、空气的味道、身边的朋友，此生不会再有相同的一杯茶了！突然间，我深刻地理解了，要珍惜当下的人和事，人生不就是由许多个"当下"组成的吗？

最后一天，我们有幸在可一师父的引荐下，夜宿于千年古刹草堂寺。草堂寺是鸠摩罗什当年翻译《金刚经》的地方。

鸠摩罗什圆寂前曾立下誓言："若我所译经典合乎佛意，愿我死后，荼毗之时，舌根不化。"如今，法师的舌舍利塔就在眼前，夕阳穿树，把金色的余晖镶嵌在塔身之上。我们立身于塔前，双手合十，轻声诵念《金刚经》。

舍利塔上赫然写着"烦恼即菩提"。因为一切都是空性，所以烦恼就是菩提。

当年，佛陀在菩提树下，悟彻到的就是：缘起性空。这是宇宙的实相。

带着这样的世界观去看问题时，一切都会变得豁然开朗。当然理上可以顿悟，事上还需渐修。

终南山喝的那杯茶，其本质是空性，是和合各种因缘而成的——"终南山、山泉水、松针、道长、武夷山的茶、空气的味道、身边的朋友"。如那杯茶一般，这个宇宙的一切事物，都是因缘和合而成的。

那么促使这些因缘合在一起的是什么呢？——是我们的心。当初，就是因为有了来终南山的美好心念，所以才有了后来难忘的经历。

我们每个人有这样的长相、家庭、环境和工作，所有的一切一切目前的样子，其实都是我们的心塑造成的。我们完全有能力把自己塑造得更好一点。关键看我们能不能守护好自己的心，守护好当下的每一个念头，念念向善，念念都为别人着想。

草堂寺的夜，有着不同于终南山的宁静。窗外的雨，顺着屋檐滑落在千年的青石板上，似乎也滴落在我的心田。此刻，我记起的终南山的那杯茶，是我的味觉记得，还是意识里的那杯茶呢？就像眼前这雨落青石板的声音，是我的耳朵听到的声音，还是已进入意识里的声音？这眼前雨中的草堂寺，是被眼睛看到的，还是在我的意识里呢？

刹那间，这茶、这雨声、这草堂寺无二无别。难道这一切不是鸠摩罗什的显化吗？空气中、草堂寺里、山河大地间，法师无处不在，难道这一切不是法师用他的方式在弘法吗？

　　此一刻，我站起来、走出去，怔怔地看着我自己。我在哪里？我的心又在哪里？莫不是你中有我，我中也有你？这宇宙星空、这虚空法界，莫不是也是我的心幻化而来？或许，你、我、这所有的一切，没有分别！

衡量一个人是不是修行人，不要看他念了多少经，做了多少供养，而要看他有没有一颗无我利他的心。

# 修行人

我理解的修行，就是不断地修正自己的行为和念头。

修行也是不断地消融"我"的过程。细想一下，人一切痛苦的根源都是因为有"我"，我受伤害了、我被羞辱了、我不开心了……假如无"我"，谁还会受伤呢？

如何才能消融"我"呢？最好的方法就是利他，每一个行为与念头都拿我和别人置换，心里永远装着别人。其实，利他就是最好的自利。

孙楠经常和我说："衡量一个人是不是修行人，不要看他念了多少经，做了多少供养，而要看他有没有一颗无我利他的心。"当一个人真正做到无我时，他就跨越了现有的生命维度。然而，在修行的过程中，最难消融的就是"我"了，尤其是我执、我慢。

178

我是在做事的过程中，不断地看见"我"的。在做事中，我看见了自以为是的我，看见了不愿意接纳别人意见的我；当看见时真是让人羞愧，同时也因为看见，所以给了自己改正的机会。

记得有一次，我去楼上帮易老师收拾房间，中途看见地上有几箱苹果，我不假思索地对一旁一位年龄大的老师说："请帮我把苹果搬走！"那位老师诚恳地说："我年龄大了，腰疼，搬不动啊。"一刹那，我脸红到了脖子根儿，恨不能找个地缝钻进去。因为我一下子看见了我自己，那个丢失了觉性的我，那个一向喜欢对别人指手画脚而不自知的我。要知道，在一件事情发生前被察觉，叫觉；事后只能叫忏悔了。我每天就是这样——时而"背尘合觉"，时而"背觉合尘"，反反复复。

人一路修行，就是和自己相遇的过程。我相信，所有身边遇见的人、眼前发生的事，都是为了照见自己而出现的。

衡量一个人是不是修行人，我想，要看他是不是越修越柔软、恒顺，对一切人和事，有手眼，但是不起分别心，不以善恶美丑对待。明了宇宙的根本法则是"缘起性空"，知道在空性中可以重塑缘起，所以善护念，念念放下，念念布施。知道自心之外无别佛，一切都回心向内，在自心中寻找。

记得宗萨仁波切曾经说过："一个修行人，可以逛街、打麻将、涂指甲油，但只要他的觉性每时每刻都在，只要他内心充满慈悲，他就是一个真正的修行人。"

# 跋

潘蔚

眼看着这本书就要写完了，突然间有些许的不舍，感觉还有很多话想要和大家说，然而，中国人做事讲究留有余地，所以留下些空间也是好的。

是哪些因缘促成了这本书呢？

两年前，谷雨女士找到我，她说：看了我的微博，觉得可以出本书，和读者分享我的生活美学。当时，我委婉地拒绝了她，因为直觉告诉我，时机还不成熟。

今年，当谷雨再次提及此事时，恐怕连她都没有想到，我竟毫不犹豫地一口答应了。我当时的心意是：一路生活走到今天，又学了三年的传统文化，应该把自己的体会和大家分享。或许写书并不需要高深莫测，就像巴金先生说的"把心交给读者"就可以了。

这本书能够完成，首先要感谢我的老师易菁先生，感谢她给予了我生命的智慧，易先生不仅给这本书取了恰当的名字，还在百忙之中为这本书写了序言。

感谢摄影兼策划谷雨，她和鹭的摄影图片以及蔡永和先生的摄影作品，让我对这本书非常的期待。

感谢我的同事，华夏学宫的老师们，一路不厌其烦地帮我审稿、做封面设计等。感谢可一师给书名题字。

感谢我的爱人孙楠先生，我每写完一篇，首先读给他听，他一直是我最忠实的听众。

要感谢的人实在太多，没有说出来的都在我心里了。这是我人生第一次出书，希望以后可以一直和大家分享下去。

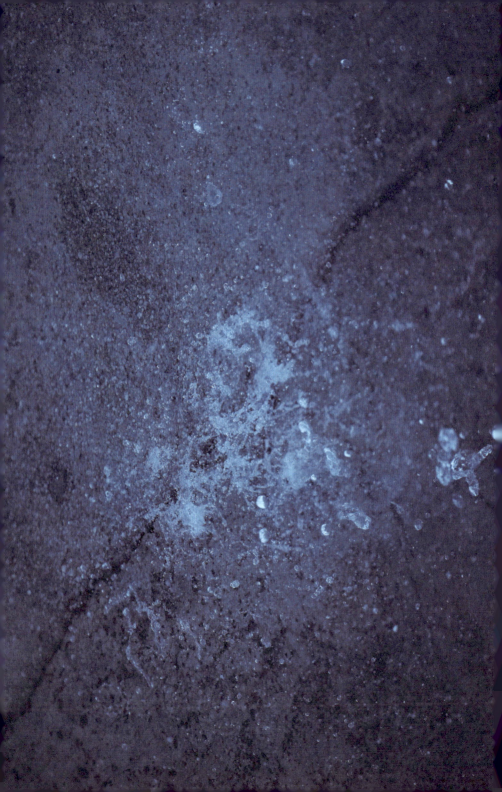